自分の事を主人公だと信じてやまない踏み台が、主人公を踏み台だと勘違いして、優勝してしまうお話です

2

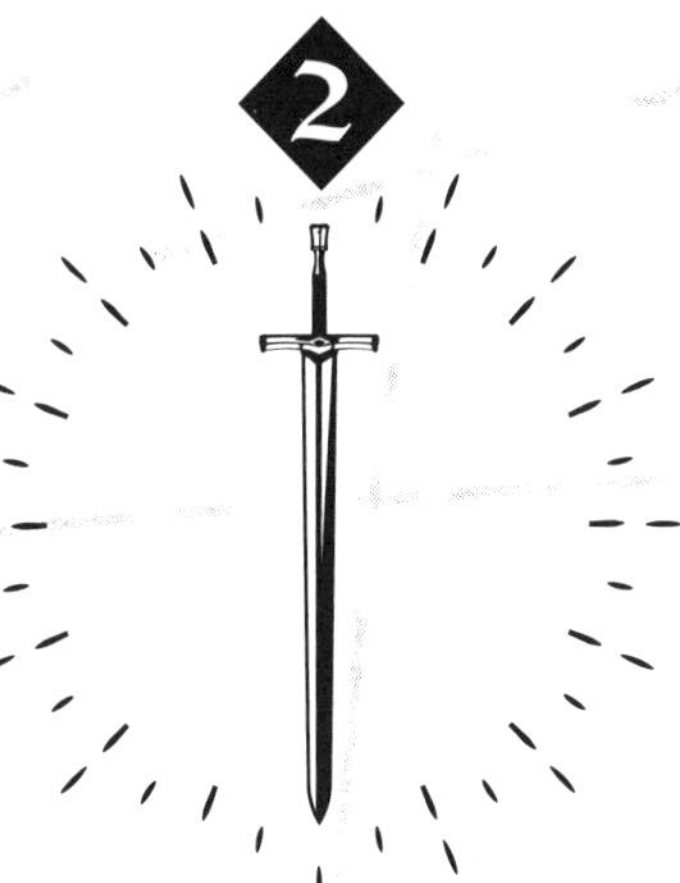

石ユユシタ
ト：卵の黄身

ブックス

第二章　本入団編

イラスト：卵の黄身　デザイン：Veia

人物紹介
CHARACTERS
ボウラン
フェイと同期の聖騎士。弱い人が嫌いで強い人が大好きだったが、フェイ達と出会い弱いままでいるのは罪ではないという認識に変わった。
フェイ
本作の主人公。神からノベルゲー『円卓英雄記』の「主人公ポジション」に転生させると言われたが、実は「噛ませキャラ」に転生していた。しかし、当の本人は全くそれに気づかず、おバカすぎて今でも心の底から自身が主人公であると信じている。

マリア
フェイの孤児院を立ち上げた女性。孤児院内外から人気がある。急に変化したフェイのことを心配している。
アーサー
フェイと同期の聖騎士。『円卓英雄記』本来のメイン主人公。才能が凄く、一を知って百を知る。なのに、フェイのことをとんでもなく過大評価している。
ユルル・ガレスティーア
十二等級聖騎士。フェイ達の先生。“闇の星元”に恨みの念を支配されて、フェイ達を襲ってしまった。本当なら追放になるところだが、フェイのおかげで聖騎士を続投できることになった。

第二章

本入団編

第一話　赤と青の花

晴れた空に白い雲、気持ちの良い快晴の日であった。マリアは孤児院の子供達のため、夕飯の買い出しに王都の出店を見回っていた。

「野菜が凄く新鮮ですね」

「おうとも、マリアちゃん何か買っていくかい？」

「はい、買わせてもらいますね。えっと、これとこれと……」

マリアは欲しい物を指さし、会計を済ませて買い物袋に入れて、店主に一礼をして店を後にした。

その後、肉屋にも寄って大量の肉を購入する。彼女は元聖騎士なので、孤児院の子供たち全員分の食材を買ったとしてもそんなに重くはない。だが、両手は塞がってしまう。

このまま孤児院に戻って夕食を作ろうかなと思っていると彼女はあることに気付いた。孤児院に飾っていた花が枯れてしまっていたのだ。

無くても問題はないが、あった方が部屋の色彩が豊かになるし、子供達の中には花の絵を描くのが好きな子もいるので彼女は買いに行こうと花屋に向かうことにした。

「えっと……何色の花を買おうかしら……」

花屋に向かう途中、何を買おうか迷っていると、彼女の前をフェイが走り去っていく。

「あら、フェイ！　汗だくじゃない、無理は禁物よ」

彼女が声をかけなければ、黙って通り過ぎていただろう。だが、マリアは心配だったのだ。フェイは孤児院では浮いているし、騎士団の訓練もかなり無理をしていると彼女は聞いている。

孤児院のシスターとして、彼女は色んな子を気遣っている、だからこそフェイだけを気にかけないことはできない。

「問題、ない」

「でも、顔色も悪いし」

「おれは元か、ら、こういう顔だ」

「いえ、普段はもうちょっと、明るい顔よ……」

フェイは呼吸が整わないほどに疲弊していたらしく、言葉がうまく出てこないようだった。そんな彼に彼女はハンカチを出して額の汗を拭う。

「あまり、無茶はダメよ。心配してしまうから」

「……話はそれだけか？　なら俺は訓練に戻る」

「ちょ、ちょっと待って。最近フェイはずっと休みなしだし、帰ってくるのだって朝に近い日が殆どよ。本当に休まないといけないと思うわ」

「問題ない」

「いや、あると思うわ……そうだ！　ちょっと買い物に付き合って」

「なに？」

「こ、この野菜凄く重いの！　だから、ちょっと付き合って？　ね？」

彼女としてはどうにかして、フェイに無茶な訓練をやめさせたい。

（休めって言っても休まないだろうし……買い物の方が訓練よりは体力使わないわよね？ついでに気分転換させつつ、フェイと接する時間も増やす。これね。でも、フェイは了承するかしら……？）

「……あまり時間をかけるなよ」

フェイは意外にも彼女の野菜と肉の入った買い物袋をそれぞれ持って、歩き出した。

「フェイ……ありがと。花屋に行きたいの。こっちよ」

（もしかして、私が荷物重いって言ったから気にして……フェイって、昔はこんな真摯な感じじゃなかったけど、変わったのね。私も変わらないと）

昔はかなり嫌味な印象だったが、今のフェイはそんな感じはしなかった。それもそのはずだ。フェイは転生して、自分を主人公だと勘違いして、マリアの事をヒロインだと疑っているのだ。言葉遣いは元のキャラの名残が残ってしまって強制的に、きつい物言いに翻訳されるような感じだが行動は変わってきている。

「あ、ここの花屋さんよ。えっと、赤い花と青い花があるわね。フェイはどっちが好き？」

「どっちでも」

「もう、そういうのが一番困るのよ……、私は赤い花が好きかな？」

「そうか、ならそれを買ってとっとと戻ればいい」

「もう！　もうちょっと盛り上げてくれてもいいじゃない！」

「……早く買え」

「……分かったわ。赤い花ください」

マリアがそう言うと店員が出てきて、赤い花を束にして彼女に渡した。このまま帰るかと彼女もフェイも思った。だが、マリアは足を止めた。

「あ、あの」

「どうかしましたか？」

マリアは花屋の店員に再度話しかける。

「青い花……一本だけ貰えますか？」

「え、あ、はい」

彼女は青い花を一本だけ買った。

「買ったか？」

「え、あ、うん。ごめんね、時間かけて」

「謝罪はいらん」

フェイの隣を彼女は歩きながら、どうして青い花を買ったのか。彼女自身も分かっていないようで首を傾げていた。

（私って、赤い花が好きなのにどうしても毎回青い花も少しだけ買っちゃうのよね。どうしてかしら？）

「お前、いつも青い花を少し買うな」

「え……？」

「毎回、花壇にも、花瓶にも必ず赤い花を添えるが……必ず僅かに青い花も添えている」

「そう、ね……気付いていたんだ？」

「……別に」

「フェイってよく私のこと見ててくれるのね。ありがと」

「……そういうのじゃない。ただ、妙だと思っただけだ。赤い花を大量に植えておきながら、僅かに青を添える構図に必ずするのがな」

「……そっか。でも……なんでかな？　私も分からないけど……フェイがそう言ってくれるの凄く嬉しい。ありがと」

マリアは笑った。本当に嬉しそうに子供のように彼女は笑っていた。

◆

訓練がないから、自主練でめっちゃ走り込んでいるとマリアとすれ違った。

流石はヒロイン疑惑のあるマリアだ。明らかに周りの奴より眩しいぜ。何というかさ、もうオーラが違うよね？

話しかけようと思ったけど、クール系の主人公なので自分から積極的に話すのは違うかなと思った。

それに自主練中だしと思ったが……まさかのマリアから話しかけてくる展開だ。

ふむ、どうした？　え？　休め？　努力系主人公に休めは無理だろ。

疲労しているから言葉がなかなか出ない。

「いや、あると思うわ……そうだ！　ちょっと買い物に付き合って」

「なに？」

「こ、この野菜凄く重いの！　だから、ちょっと付き合って？　ね？」

ふむ、訓練に戻ろうと思ったところに……ヒロイン疑惑のあるマリアから買い物のお願いか……。

これは主人公である俺とヒロインであるマリアのイベントの可能性がある。

マリアもヒロイン疑惑が確定しているわけではない。それを見極めるためにも付き合ってみるか……。

彼女の荷物を持って歩いていると、花屋に行くことになった。そこで彼女は赤い花を買った。だが、なぜか一本だけ青い花を買った。

前からヒロイン疑惑があるから観察していて気付いたんだが……マリアは必ず赤い花を大量に、青色の花を僅かにという構図にしたがる。花壇とかに大量に赤い花を植えておきながら、ちょっとだけ青い花を植える。花瓶に生ける花も赤と青の九対一の構図なんだよな。

これって、どういう意図があるんだ？

もしかして、なんかの伏線かな？　俺は主人公だからな。こういう事にも気付いてしまうのだ。それに前世でも数多の書物を見てきたからな。こういう伏線的なのには敏感になってしまうのだ。

「フェイってよく私のこと見ててくれるのね。ありがと」

「……そういうのじゃない。ただ、妙だと思っただけだ。赤い花を大量に植えておきながら、僅かに青を添える構図に必ずするのがな」

「……そっか。でも……なんでかな？　私も分からないけど……フェイがそう言ってくれるの凄く嬉しい。ありがと」

マリアもあまり意図していないらしい。だが、必ずそういう構図になるのだ、何かの伏線だな。それはそれとして、ありがとって言いながら笑うマリア可愛い。これはヒロイン疑惑が深まるばかりだ。

第二話　月下アーサー

真っ赤な血の溜まりが出来ていた。それはもう、血の池とでも言えるほどに大量の血が地面に迸って（ほとばしって）いる。

血、血、血、あたり一面には血しかない。どこまでも続く赤の池、その真ん中で幼い時のアーサーが一人立っていた。彼女は虚ろな眼で絶望の血の池に膝を折る。

血の池に波紋が広がっていく。彼女を中心にどんどんと広がっていく。それに引き寄せられるように何かが彼女に近寄っていく。

「か、え、して……」

「いた、い……」

「か、えして」

ゾンビのようにゆっくりと近づいていく、眼が消えてしまった二人の女性。

その後ろから心臓部に穴が開いた女性。血だらけの三人が金髪の少女に縋る（すがる）ように寄っていく。

失われたものを嘆くように、盗られたものを取り返そうとする子供のように近づいて行った。

怖さに眼を下に向けるアーサーだったが、気付けば、少女の周りには死体が数多（あまた）存在していた。

血の池には大量に死体が捨てられていたのだ。それを見てアーサーは強烈な吐き気に襲われた。混乱してめまいもする、嘆く声に耳を塞いで、恐怖に眼を閉じて、ただ、ただ、ふさぎ込む。

殺した、殺した、殺した、殺して、奪って、彼女は生きている。真っ赤な自分の手、綺麗な体も血で染まり、生暖かい血に全身に染みこむような拒絶感を覚える。

耳を塞いで、眼を閉じても、心が覚えている悲鳴が己の中でこだまする。瞼（まぶた）の裏でいつも血まみれの少女の姿が想起される。絶対にそれを忘れることは出来なかった。

「え、いゆうに、ならなきゃ……ワタシは、それまで、死ぬことも……」

呪いのように、己を保つ譫言（うわごと）のように呟きながら、アーサーは眼が覚めた。冷や汗で体が濡れて、悪夢のせいで精神がやつれている。

「……」

円卓の騎士団の女性専用寮。その二階で彼女は眠気が消えた体を起こし、窓から自身を照らす月を見る。悪夢から覚めた彼女は尋常ではない汗をかいていた。開けた窓から風が吹いて、僅かに心地よい。

彼女は月は嫌いではない。何だか、あの光に照らされていると、歪で美しくない自身も綺麗になるような気がするから。数分、風に吹かれながらぼうっと、月を見上げる。

ただ、ひたすらに。深夜だが眠気は湧いてこない。何も考えずにただ、見上げているまま時間が過ぎていく。

暫くして夜風で汗が少し乾いて、気分が落ち着いてくる。だが、それでも何だか、落ち着きは完全ではなかった。

だから彼女は寮を出た。風に当たりながら王都を歩きたかった。ただの気分転換でもあった。そして、少しでも悪い記憶を忘れたかった。

だが、明日も訓練があり、ずっと散歩しているわけにもいかない。もうすぐ円卓の騎士団の仮入団期間が終わる。仮入団の期間が終わりに近づき、訓練も益々辛いものへと変わっている。

その為、万全のコンディションで訓練に臨むことが求められる。睡眠をとらなくてはならない。少し体を使って気分も変われば眠れるはずであるとも彼女は考えていた。

夜の王都には人がいない。人の音もしない。静寂な世界を歩いて、彼女は何だか、自分が一人のような気がしてしまった。

だが、それは当然のことであるとも割り切った。

彼女は目的地を定めることはなく、ただ、歩いた。気付くと、自身の足がいつもの訓練場に向かっていた。気の向くままに荒野を歩く。いつもは誰かがいる場所に、誰も居ない。ただ風だけが……吹いているはずだった。


——だが、誰かがそこにいた。


いつも訓練をしている三本の木がある荒野は月光を雲が遮っており、よく見えない。

だけど、彼女はそこに誰かがいると分かって近づいた。

彼女が近づくにつれ、それに呼応するように風が吹き、雲が動く。次第に雲は風で流れ、二人は月の光に照らされる。

「フェイ……」

「……アーサーか」

そこには、フェイがいた。同じ隊の仲間と言っていいのか彼女には分からないが、それでも見知った仲である。

興味なさそうに彼女の声に反応し、こちらに目を向けることもなくただ、背中を彼女に見せている。

「どうして、ここにいるの？」

「……それを話す必要があるか？」

「なんとなく知りたいから聞いた」

「……訓練だ。今は少しだけ、呼吸を整えているがな」

彼はいつものように尋常ではない程の汗をかいていた。

フェイは誰よりも訓練にしがみつく狂人として一部では有名であり、それを彼女は間近で見ていた。

そして、いつものように感情を感じさせないフェイの言葉。

彼女はそれらに自然と安心感を覚えていた。互いに低いトーンの声。機械同士の会話に聞こえる者もいるだろう。

ただ、彼女はそれが気に入っている。なぜだが分からないが、同じように物静かな感じが、異端な感じが、気に入っているのだろう。

先ほどまで落ち着かなかった気持ちが、どことなく不思議と満たされているような気がしていた。

「フェイは……どうして、そんなに強いの？」

「……それは嫌味か？」

「……違う」

「……ふんッ、いつも俺を圧倒する貴様にそんなことを言われても嫌味にしか聞こえんがな」

「……嫌味じゃない」

フェイは不機嫌そうに鼻を鳴らし、未だに彼女を見ずに低い声で強気の姿勢を見せる。

フェイからすればいつも自身をこれでもかとボコボコにするアーサーにそんなことを言われれば嫌味に聞こえても仕方がない。

「ワタシは弱い……フェイの方がきっと強い……ワタシなんて、ズルだから……」

言葉がどんどんしぼんでいった。その言葉には嘘などなく、己を見つめてただ悲しくなったアーサーの本心であったのだ。普段の無機質で整っている顔が悲しく、萎れた花のように見るに堪えないものになっていく。

彼女は顔が整っているから余計に、その表情を見た者は同情心が湧くだろう。何か優しい言葉をかけなくてはと思う事だろう。

だが、フェイから出た言葉はそれとは真逆とも言えるものだった。

「……気に入らん」

その心の底から出たであろう怒りの声は、夜に響いた。彼女の悲壮な言葉と裏腹に苛立ちが籠った言葉。

それを聞いた彼女の表情は悲しみから、一気に困惑に変わってしまった。

「え？」

「貴様は気に喰わん。俺達の部隊で最も強いお前がそんな言葉を吐くな。お前は強者なんだ。上でふんぞり返るくらいしたらどうだ」

「……でも」

「ふん、まぁいい。少し、付き合え」

そう言って、彼はようやく向けていた背から振り返り、彼女の方に顔を向ける。

そして、持ってきていた予備の木剣を投げる。アーサーはそれを右手で受け取る。彼から渡されて、仕方なくアーサーは構える。

「……別に良いけど」

「いつも通り、来い」

その言葉と共に最初にアーサーが動いた。

右斜めからの斬り下ろし。それを読んでいたと言わんばかりに無表情でフェイが防ぐ。

いつもいつも彼女と戦い続けてきた彼だ。どういった戦い方をするのかは知っている。

互いに一進一退で攻防を数秒繰り返す。

だが、そこから更にアーサーの剣が加速する。淀みなく一定の間隔を置き徐々に速度を上げていく。

先ほどまでのはウォーミングアップを兼ねた剣の太刀筋であったのだ。

そして、今はようやくギアを上げ始めた。手加減されていたと感じたフェイに再び怒りが湧く。

彼は、ずっと訓練していたので、体は温まり筋肉もほぐれていた。

永遠に訓練をしているような男なので疲れは溜まっているが、アーサーよりは調子が整っていた。

そのはずなのに、アーサーに押されている。

決着は突然。いつものように、彼の剣が空を飛ぶ。鋭い眼を彼女に向けながら舌打ちをする。

「っち、貴様の勝ちだ」

「……うん」

「言いたくはないが、圧倒的であった。俺とお前とでは天と地の差があるだろう」

「……」

「これでも、まだ弱いというつもりか」

「……ワタシは、それでも」

「戯（たわ）けが……。勝者の貴様が己を弱いだと？　ふざけるのも大概にしろ。貴様は俺に勝ち、トゥルーに勝ち、ボウランにも勝った。貴様に負けた俺達は何になる」

「……」

「本当にいけ好かない奴だ。お前のそれは謙虚ではない。ただ卑屈になって、他者を不快にしてるだけと知れ」

「……ごめん」

　フェイにそう言われると彼女は再び俯いた。思った以上に落ち込んでしまったアーサーを見てフェイは溜息をつく。

「……お前が辿ってきた道。それを否定するな。それはお前に関わった者達への侮辱だ」

「……」

「勝者は敗者の重荷を背負って先に進む義務がある。振り返り、同情する暇があるなら先に進みふんぞり返っていろ」

　初めて、フェイとアーサーが対立した時かもしれない。そうは言ってもアーサーは変われない。フェイのように強い精神を持つ者の考えにはなれない。

フェイに言われてもアーサーは考えを変えられなかった。

フェイもそれを悟ったのか、それ以上何も言わなかった。

それは当然のことで、誰しも完全に分かり合うなんてことは不可能であるからかもしれない。

アーサーはフェイの事を自分と同じであると考えていた。

だが、今の対立で、相違があると知って、その考え方が僅かに変わった。だから、悲しくもなった。

その寂しさを埋めたくて、また一つ、また一つと、共通点を探したくなったのかもしれない。

「……ワタシ、は英雄に、ならなきゃ、いけないの」

「……」

「その為に戦っている」

「……」

「フェイはどうして、戦うの」

「……なぜか。そうだな。俺は……己が己であるため。ただ、俺はそうすべきであると思うからだ」

「……よくわかんない」

「……まぁ、お前と近い。英雄になる為と言っても間違いではない」

「そうなんだ。フェイは英雄になりたいんだ？」

「……そんなところだ」

「ワタシはなりたくない。でも、ならなきゃいけないの」

「……よく分からん奴だな。貴様は」

大して、気遣うわけでもなく淡々と彼は思った事を言い放つ。

（……ワタシとフェイは違う。ワタシは英雄になりたくないけど、目指して。彼は英雄になりたくて、目指して。きっと彼は本物の器）

（でも……多分。私がならないといけない……魔術の適性。剣術、全てが……偽物の継ぎ接ぎだけど）

（……英雄、原初の英雄アーサー……か……）

彼女の心の中に一人の英雄の名前が浮かんだ。

彼女と同じ名前であり、縁もある。

この世界で知らぬ者は居ない英雄と彼女は同じ名前だ。それには意味も責任もある。

だから、彼女は英雄を目指している。

目指さなくてはならない。アーサーという少女に課せられた重みは他の聖騎士とは比べ物にならない。

その重みに彼女はいつも潰れそうになる。

──君は英雄に、原初の英雄アーサーのようにならなくてはならない。

嘗て誰かに言われた言葉がずっと彼女の中に残っていた。

その言葉を思い出す度に重圧で潰れそうになってしまう。苦しくて、誰かに助けてほしくて、だが誰かに助けを求めることも出来るはずもない。

普通に、ただの村娘として生きられたのであればと彼女は願った。だが……運命がそれを許さない。その重荷から逃げることはきっと……。

──英雄、英雄にならなくちゃ……

「だが、安心しろ。お前が英雄になることはない」

「──え」

それら全てを断ち切るかのようにフェイは言葉を発した。

それは彼女への気遣いではない、彼女はフェイが気を遣うような性格ではないと知っている。では、嘘をついたのか、それも違うとアーサーには分かった。

フェイは自らを偽ることはしてこなかった。気遣いでも嘘でもない、ただ純粋に彼は心から英雄になることはないと言ったのだ。

それは彼女にとって驚愕であって、救いの声に聞こえた。それを誰かに言って貰いたくてどれほど、悶えていたか。だが、それを言われても、意味はない。

自分が、この重みを背負う自分が、それをしなければと。呪いのような強迫観念に彼女は苛まれた。

しかし、畳みかけるように、フェイは僅かに獰猛な笑みを溢しながら、淡々と続ける。

「何故なら、それになるのは俺だ。俺がその座をとり、頂点に立つ。トゥルーや貴様を倒し、先に進む」

「……フェイは強いけど……その……」

尋常ではない精神的な強さは彼女も知っている。

だが、魔術適性や剣術、星元(アート)操作、総合的な強さ、それらを加味すると、フェイは自分を超えることはない……とアーサーは正直にそう思った。

如何に尊敬する彼であろうと、自分を超えて英雄にはなれない。

精神だけで自分を超えて重荷を消すなど出来るはずがない。そう結論をつけてしまった。

強さで一枚上にいる彼女の中を悲しみが支配し、彼女は気が落ちる。

――だが、それをくだらない、知るかと踏みつぶすように眼の前の存在は言葉を続ける。

「やはり貴様は気に入らんな。だが、俺がお前を倒し、勝者となる。そして、敗者のお前の全てを背負って、俺は先に進む」

「――ッ」

「なんだ？　その顔は」

「本当に、背負ってくれるの？」

「……なぜそこに反応するのか知らんが……そうだな。それが勝者の義務だ。敗者の悔しさ、後悔、それを背負い最後の最後まで諦めずに戦う。それが俺の魂に刻まれている勝者の概念だ」

「……」

「今はそこでふんぞり返っていろ。いずれ、お前を倒し、全てを貰い受けよう」

フェイが拳を握り締める。

「そして、俺は……」

彼は遠くを見ていた。ひたすらに。アーサーなんて存在よりも、もっと大きい存在。憧憬に焦がれた無垢な少年のように、ただ、遠くを見ている気がした。

その姿にどうしようもなく、彼女は英雄の片鱗を見た。

「話が過ぎたな。俺は訓練に戻る」

「まだ寝ないの？」

「貴様に勝つには、この程度は成しえないとならんのでな」

「……さっきの、倒すって本当に期待していい？」

「あぁ、俺は、約束は守る。だから、勝手に期待していろ」

こちらを見ずにフェイはそう言った、彼からすれば大した事ではないのだろう。

それは彼が今まで生きてきた中での当然の信条であったのだから。

だから、それに一々恩着せがましく反応はしない。だが、アーサーにとってそれは……。

再び、剣を握り、フェイは素振りを始める。アーサーの方を見ることは止めて、再び、背中を向けていた。

「ねぇ」

「……なんだ？　邪魔だからさっさと――」

フェイがそう言って不機嫌そうに振り返る。その時、アーサーは自然とその言葉が出ていた。その言葉を彼は求めていないだろうというのは分かっていた。

だが――。

「ありがとう」

その時、アーサーは初めて笑顔を見せた。それは万物を魅了するような笑み。愛しく、美しく、ガラス細工のように儚げで、きっとそれを見た異性がいれば一瞬で魅了されてしまうような。そんな、笑顔。

だが、彼はそれを見ても、そうかと適当に手を振って、剣を振る。

「ねぇ」

「なんだ？　早く帰れ」

「ワタシ、もう少し付き合う」

「なに？」

「だって、ワタシを倒してくれるんでしょ？　だったら、ワタシの剣。もっと見てほしくって」

「……妙な奴だ。倒してもらうために剣を交えるとは。だが、良いだろう」

そう言ってフェイが再び、アーサーの方を向く。互いに剣を構える。アーサーの顔も既に機械のようになっていた。

そして、二人は剣を交える。

結果は言うまでもない。アーサーの圧勝だ。フェイはコテンパンにされた。だが、僅かに救われたのはアーサーであった。

◆

俺は夜風に吹かれながら訓練していた。夜練である。

夜風に当たっているというのにサウナにいるのではないかと思う程に熱い。だが、関係ない。そんな中でも俺は鍛錬を積む。だって主人公だからな!!

努力、努力。努力。

先生曰く、かなり良い感じで成長しているとのこと。当り前です、主人公ですから。主人公は努力するのが基本だし？　尋常ではない訓練で体が辛くなることも基本である。

今は訓練を一人でしている。先生が夜遅くなったので帰り、それでも俺は剣を振る。

その最中、風に吹かれていると、アーサーが来た……どうしたの？

アーサーはどうしてここにいるのか聞いてきた。寧ろ、パジャマ姿のアーサーに、どうしてそんな格好でここにいるのか聞きたいくらいだったが、クール系主人公なのであまり語らない。

何でここにいるかって訓練だけど？

お前たちに勝つためにな!!　トゥルーとアーサーにはマジで勝てん。

先生はいずれ勝てるとは言う。確かにそれは分かっている。俺は主人公だからな。主人公はなんだかんだ言って最終回くらいで最強になるから、ユルルの言葉を疑うわけではい。だが、少しでも早く勝ちたい。ダサいから言わないけど。

まぁ、努力系主人公だからという理由もあるけど、どちらにしろ言えん。

「フェイは……どうして、そんなに強いの？」

本当に偶にコイツって煽っているのか、何なのか分からないが、結構エグイ事言うよな。東大医学部なのに、ニートに向かってどうしてそんなに頭良いの？　って聞く感じじゃないだろうか。

俺、お前にトータル八百六十戦、八百六十敗してるんだぜ？

まぁ、なんか、落ち込んでるみたいだけど、体動かせば元気になるんじゃない？

剣を渡して、負ける。いや、改めてなんでこんな強いくせに弱いとか言うんだ？

「……お前が辿ってきた道。それを否定するな。お前に関わった者達へのそれは侮辱だ」

こうでも言わないと主人公の俺の肩身が狭いからね？　だが、アーサーは納得してない感じ、お前性格悪すぎん？

「……」

「勝者は敗者の重荷を背負って先に進む義務がある。振り返り、同情する暇があるなら先に進みふんぞり返っていろ」

おー、我ながら良い事言えたな、カッコいい。俺的には結構良い事言ったつもりなんだが、あんまり響いてない？　あれ。おかしいな。マジで手ごたえ感じたんだけど……。あれ？　おかしいな。

英雄になりたい？　へぇー、まぁ、俺も似たような感じか？　俺は主人公として生きていきたい。だって、主人公だからかね。この『円卓英雄記』というノベルゲーは俺が主人公だからさ、最後の結果は英雄になるんだろうなぁ。

「ワタシはなりたくない。でも、ならなきゃいけないの」

「……よく分からん奴だな。貴様は」

ど、どっちなんだ？　なりたいのか、なりたくないのか……う、うん。でもまぁ、どちらにしろ最終的には俺が英雄になるから気にしなくていいぞ？

だって、俺は主人公だからさ。世界の中心は俺で、英雄とか言われるのは俺だろ？　最終的に頂点に立つのも俺さ。

「俺がお前を倒し、勝者となる。そして、敗者のお前の全てを背負って、俺は先に進む」

まぁ、これって普通だよね。スポーツ漫画とか読んでてもこういうセリフよく出てきたし。パロって言っておこう。というかこれは割と普通だしな。

「――ッ」

「なんだ？　その顔は」

「本当に、背負ってくれるの？」

ん？　そんなに反応する？　さっきの方が結構良い事言ってたんだけど……、こっちの適当なセリフに反応するとは、やはりアーサーのツボは分からんな。

「……なぜそこに反応するのか知らんが……そうだな。それが勝者の義務だ。敗者の悔しさ、後悔、それを背負い最後の最後まで諦めずに戦う。それが俺の魂に刻まれている勝者の概念だ」

「……」

あれ？　なんだが真面目に聞いてる。しょうがないな、ここで畳みかけて滅茶苦茶良い事言ってやろうじゃないか!!

「今はそこでふんぞり返っていろ。いずれ、お前を倒し、全てを貰い受けよう。そして、俺は……」

え、えっと、う、うーん。ちょっと、俺も何言ってんだが分からなくなってきたぞ。気まずいから、遠くを見て話は終わりだみたいな感じ出しておこう。

「話が過ぎたな。俺は訓練に戻る」

あー、続きの言葉が思いつかねぇ。あらかじめ考えておいた方が良いかな？　やっぱり名言が多い主人公はカッコいいからな。漫画とかで思うんだけどさ、よくもまぁ、スラスラとでるよね。

やっぱり、事前にメモとかしてるのかな？　俺も主人公として今後は気をつけよう、そして、ちょっとセリフ纏まらなくて気まずいからアーサー帰ってくれない？

いや、まだいるんか？

「ありがとう」

……おー、可愛い。もしかして……アーサーってヒロインなのかな。顔はかなり、スタイルも良いし、ワンチャンあるかも。ライバル系のヒロインみたいな。

「ねぇ」

「なんだ？　早く帰れ」

「ワタシ、もう少し付き合う」

「なに？」

「だって、ワタシを倒してくれるんでしょ？　だったら、ワタシの剣。もっと見てほしくって」

「……妙な奴だ。倒してもらうために剣を交えるとは。だが、良いだろう」

まぁ、手伝ってくれるなら別にいいけどさ。ヒロインかどうか、もうちょっと間近で感じて考えたいし……。

……コテンパンにされた。

……ポコポコにされた。

……ボコボコにされた。

いや、こいつヒロインちゃうわ。ジャイアントパンダやな。

顔可愛いし、スタイル良いけど、マジで強すぎだろ。さっきより、剣の勢い強いしなに？ 機嫌良いの？

マジで力強いし、速いし。これはヒロインっぽくないな。やっぱり主人公である俺の直感力を信じていかないと。

アーサーはヒロインじゃない!! よし。ビビってきたのはマリアだよなぁ。やっぱり。

アーサーは多分違うな。ジャイアントパンダみたいに、見た目は良いけど狂暴、強い

……俺の直感力、つまりは主人公補正的なものを考えると……。

これはジャイアントパンダ系ライバル枠ですね。間違いない。

見た目は良いけど、中身狂暴なライバルキャラみたいなもんだ。

美女で笑顔可愛いからって全員がヒロインって訳じゃないんだな……当たり前だけど、

アーサーを見て強く感じた。
つまり、アーサーは……ジャイアントパンダ系ライバル枠だな。
俺の直感力が新たなライバル枠を作り上げてしまったぜ。流石主人公、万に通じるとは
まさにこのこと。新たなライバルの概念すらも作り上げてしまう。
アーサーは、ジャイアントパンダ系ライバル枠として、これからも宜しくしていこう。

第三話　監視対象

　薄暗い牢のような部屋。円卓の騎士団、その拠点である円卓の城にはとある隠し部屋が存在している。僅かな星の明かりだけがその部屋を照らす。そこに、一人の少女と思われる子が椅子に座っていた。背丈は小さく、黒髪に赤い眼。

「それで、俺に何の用なのですか？　任務から帰ってきたばかりなのですが」

　そんな少女の前に一人の男性が立っていた。赤い髪、赤い眼、鋭い眼光は見る人によっては恐怖となりえるだろう。だが、少女はそんな男性を見ても淡々としており、寧ろ見下ろすように嗤っていた。

「あぁ、別に大したことじゃねぇ。新たな任務をお前にやろうと思っただけだぜ。サジント」

「……大した事のように思うのですが」

「うるせぇな。お前は俺の駒だろうが。バリバリ働いてろ」

「はぁ」

　年齢的にはサジントと言われた青年の方が明らかに年が上であるにもかかわらず、少女の方が偉そうに暴言を吐く。

一人称も俺であり、小さい見た目からは想像できないほどに高圧的な態度をのぞかせる。だが、それを彼はいつものこととして割り切っているようだ。

「それで、何をすればよいのですか？」

「なに、簡単な教師の仕事だ」

「教師ですか」

「あぁ、先日仮入団した聖騎士モドキ、そのとある部隊の初めての任務にお前が同行し、その後も監視をする。それだけだ」

「……はぁ。なぜ、監視を」

「まぁ、取りあえずこれ見ろ」

そう言って少女は袋の入った書類を無造作に投げる。その中にはとある特別部隊の聖騎士たちの名が記載されていた。サジントはそれを眺めて、意見を述べる。

「アーサー……確かに何かありそうではありますが」

「そいつ、ここに来る前の経歴が一切わかんねぇ。どこで何をしていたのか、しかも、それなりに戦える。こんな化け物がどこに隠れてたのか謎だ」

「冒険者とかでは」

「それもあるが、もっと前だ。生後から十数年、そいつを知る者が誰も居ない。剣術の才能、加えて、光の星元？　馬鹿か、原初の英雄、アーサーとまるっきり同じじゃねぇか。そいつはぜってぇ何かある。監視して報告しろ。そいつがお前の最大にして最も優先すべき任務だ」

「……了解しました。そして、トゥルーという少年も監視対象ですか？」

「あぁ、そいつ、あの災厄の村の出身だ」

「……なるほど」

「それに加えて、全属性適正だとよ。いやだね、天才っていうのは。とりあえずそいつも監視対象だ」

「それだけで？」

「あ？　文句あんのか？　俺の決定に」

「……いえ」

「まぁ、勘だけどよ。そいつは」

「そうですか」

はぁと、ため息を溢すように吐き捨てる。サジントという青年はこういった横暴には慣れているが、毎度の無茶ぶりを酷いと思ってはいるのだ。

だが、それを言っても無駄であると知っているので彼は資料に目を通していく。そうすると、もう一人の少年の資料に気づいた。

「そして、フェイ……という少年ですか。今年で十五……無属性だけ。その状態で特別部隊に入団した。それは確かに凄いですが……そんなに特筆する事ありますか？」

「馬鹿、重要なのはその後だ。二枚目の資料を見ろ」

「……」

彼女に言われて、サジントは二枚目の資料に目を落とす。

「一枚目、それは普通の表向きのそいつの評価だ。だが、先日のガレスティーアの馬鹿の件は聞いてるな？」

「はい。色々と騒ぎ立てている者がいるらしいですが」

「それ、黙らせたのほぼそいつだ」

彼女の渡した二枚目の資料にはユルルが再び不祥事をした時は腹を切るとフェイが宣言したと書いてあった。

「……腹切り、ですか」

「馬鹿だろ。そいつ？　会って間もない、ただの剣の指南役の為に命を張ってんだ。表向きはとある聖騎士って言われてるが、情報によればわざわざランスロットの馬鹿に直談判をしたらしい」

「誇り高い、騎士に思えますが」

「俺がそいつを妙だと思っている理由はいくつかある。一つは、成長速度だ」

「成長速度ですか？」

「あぁ、そいつ入団時はダントツのドベだったらしい。入試では剣術のけの字も知らない雑魚。だが、この五か月で信じられない程の上達ぶりを見せたらしい」

スラスラとフェイについて、話していく少女。その話を聞きながら資料に目を通す、サジント。

「かなり、努力家なようですが。ほぼ毎日訓練をして、実を結んだのでは？」

「ただの餓鬼だぞ？　特別部隊の訓練に加えて、自主的に訓練をするってどんな異常者だ。お前だってあそこの訓練のヤバさは知ってるだろ」

「まぁ、そうですが……」

「あり得るか？　いきなり馬鹿みたいに力も求めて。剣の指南役の為に、いや、自身が強くなるためと言った方が良いか。命を懸けてんだ」

「ユルル・ガレスティーアと恋仲的な関係では」

「それはねぇ。俺の女の勘を信じろ」

「はぁ……ですが、特段怪しい点は無いように思います。出身の村が多少、聞いたことがある所ではありますが……」

「成長速度……そして、異常な訓練力。色んな意味で危険だ。力だけを求めて破滅する騎士は多い。最も監視すべきはアーサーだがそいつもついでに見張っとけ」

「命令ならば了解しますが……自分はそこまで――」

「四枚目見ろ」

「……」

「聖杯歴三千二十七年。そいつの村が滅んだ。同じくさっき言ったトゥルーもだがな。そして、その時期にマリアの孤児院に二人とも入っている」

「……」

「そして、聖杯歴三千二十九年。そいつが十三歳の誕生日になった時だ。まるで、《人が変わった様な立ち振る舞いが増えたらしい》」

「……なるほど」

「親が死んで、ショックを受けて人格が変わるって話はよくあるが。そいつは二年のスパンが空いている。よく分かんねぇ。だが、これは何かある気がする……俺達の想像を超えるような現象……そんな気がする……」

「貴方が言い淀むなんて、明日は槍でも降るんですか？」

「殺す……コイツの場合は少し、何とも言えない勘だ。無論、アーサーが最優先だ。そいつは勘は勘でも、確信している勘だ。残りの男二人は……アーサーを最優先という事を守る範囲で報告」

「了解しました」

「まぁ、仮入団が終わった後は、一回目の任務以降、相性とか、経験、互いを良い刺激とするために別々の部隊のメンバーと組むって話はよくあるんだが……」

「その場合、三人全員の監視は不可能です」

「アーサー、一択だ。必ずそいつの任務に同行しろ」

「……分かりました。ただ、根回し頼みますね。俺、ロリコン認定されそうで」

「あー、まぁ、一応、俺は円卓騎士（ナイツ・オブ・ラウンズ）だからな。才能ある原石に三等級聖騎士を付かせたいとか言っておいてやるよ」

「流石、円卓の騎士団。十一人しかいない最高等級である一等級聖騎士。頼みますね。ノワール様」

「あぁ、そこら辺は任せとけ。本当はもっと駒が欲しいんだがな、そしたら全員監視できる」

「誰か引き入れればいいのではないですか？」

「騎士団はきな臭い奴が多い。それにあんまり多くすると漏れるからな」

「ですが、十二人しか駒が無いのに、明らかに仕事が過剰な気が」

「うるせぇ、話は終わりだ。とっとと行け」

「了解です」

追っ払うようにノリールという少女はサジントへ部屋を出ていくように命令する。そして、彼女はとある聖騎士の資料に再び目を通す。

フェイの資料だ。

「……アーサー、が最優先で良かったのか……？　こいつ、俺が思っているより危険なんじゃや……いや、考え過ぎか」

これは本当ならば、アーサーとトゥルーを怪しんだ聖騎士が監視をするために行われるイベントであった。

だが、そこにフェイが紛れ込んでしまった。無論、彼女がフェイの信条を知ることはない。ここから、ゲームのシナリオとはかけ離れていく。

だが、ゲームと同じ点として言えるのは、ボウランは何の話もされないという事である。

◆

アーサー達の仮入団期間がもうすぐ終わろうとしている。彼等の先生であるユルルはぱちんと手を叩いて、視線を集めにこやかに笑みを溢す。

「はい。皆さん！　もうすぐ仮入団が終わります！　本当にここまでよく頑張りました！先生は嬉しいです！　これからも色んなことがあると思いますが頑張ってくださいね！」

「おう、先生も乳揺れて大変だと思うけど」

「ボウランさん！　下ネタは止めてください！　私、あまり好きではないので！」

ボウランがケタケタと笑う。それを見ながら一人を除いた全員がもうこの風景も見納めかと複雑な心境になる。アーサーとトゥルーがお礼を口にする。

「先生、色々、ありがとう」

「僕も本当にお世話になりました。ありがとうございました」

「いえいえ、アーサーさんも、トゥルー君も頑張ってください！　お二人は私なんかより、才能に溢れているのでこれからが楽しみです！」

頑張れ！　頑張れ！　チアリーディングのような、元気一杯な感じで二十三歳のユルルが応援を送る。

その様子を見て、一人を除いた三人が、子供っぽいなと感じた。

だが、そんな彼女が少しだけ、言い淀むような感じでフェイに目を向ける。

「そ、その、フェイ君は今後も、毎日、訓練を一緒にするという事なので、お、お別れはまだまだ、ですね。えへへ」

「そのようだな」

まだまだ別れるなんて、そんな事は無いと分かっている。それが嬉しくて、顔を赤くして、先ほどまでの様子とは全く違う乙女な様子をのぞかせるユルル。反対にフェイは何食わぬ顔でクールに腕を組んでいた。

ユルルの様子を見ている者が居れば、一瞬でユルルはフェイの事が好きだと看破できるのだが……もし、いたとすれば応援する者もいたのかもしれない。

だが、非常に残念な事に……。

ボウラン……天真爛漫でガサツで気付かない。

アーサー……そもそも恋とかよく知らない。ガチガチのコミュ障天然。

トゥルー……モテるくせに鈍感系。恋愛全く知らない。

――そしてポンポン痛いのかなと考え、勘違いしているフェイ。

ユルルの恋は多難であった。

「で、では、今日の訓練はここまでです！　お疲れさまでした！」

そう言って解散する三人。だが、フェイは訓練の為にそこに残った。

「あ、あのフェイ君」

「……どうした？」

「か、仮入団が終わったら、正式な聖騎士として活動することになります。その、お祝い、というか、これからの活躍祈願みたいな……その、ですから、こ、今度の休日、私と、一緒にご、ご飯とか、どう、ですか？」

「俺は基本的に訓練していて、休みがないのは知っていると思うが」

「あ、そ、その、訓練がない日にも訓練をしているのは知っています。私も手伝っていますから……で、でも、あまりきつくやってもいけないなって……偶には訓練を休んでですね、一緒に、ご飯を」

「そうか……」

　考えと言葉が纏まらないうちに、衝動的にフェイを食事に誘って、頭と眼がぐるぐる状態で顔真っ赤状態のユルル。だが、そんな彼女を気にせず、ふむと僅かに腕を組み言われた事について考えるフェイ。

「や、休むのも訓練ですよ。た、偶にはいいのではないでしょうか？」

「そういうものか」

「し、師匠として言わせてもらえば、休むのも訓練です！」

「では、そうしよう」

（や、やったぁ。一緒に行ってもらう為に、嘘っぽいこと言っちゃって、ちょっと罪悪感あるけど、で、でも嘘じゃないし、そもそも、本当の事を言ってるだけだし。休むのも訓練だよね！）

内心すごい喜んではいるが、それをあまり表に出さないように心掛ける彼女。だが、素直なので思いっきり出ている。

「や、約束ですよ？」

「あぁ」

そう言って、またしても何も知らないフェイは逆立ちで王都を回り始めた。

ドキドキと胸が高鳴るユルルは逆立ちをして離れていくフェイへ熱い視線を注いでいた。

そして、フェイが完全に見えなくなったら、嬉しくてウサギのように二回ほど跳ねた。

◆

それは、とある日。王都ブリタニアでの話だ。

紫の綺麗な長い髪、それをポニーテールに縛っている。

水晶のような灰色の眼。体も凹凸があり美しく、百人いれば百人振り返るほどの美女。

そんな少女が王都ブリタニアで柄の悪い男に絡まれていた。

その男は酒臭く、昼頃から酒を飲み、冷静な判断力を失ってしまっていた。

無理に好みの女に手を掛けようとする。

「なぁ、ちょっと良いだろうって。付き合えって」

「……」

乱暴な男性に腕を掴まれるが、何もしない少女。言葉が出ないのか、出さないのか、それは誰にも分からない。

ただ、大人しそうな目から僅かな反抗心が窺える。男性の手を振り払って、距離をとる。

「おい、だから、ちょっとだけ――」

そう言って三度手を伸ばそうとする。

男性の手を、誰かが掴んだ。黒髪に黒い眼。

その眼は虚空のようで同時に龍のように覇気を纏っている恐ろしい眼であった。

纏っている空気もその男だけ違う。

フェイだ。彼は手短にナンパしている男に声を発した。

「不快だ。去れ」

「ああ!?」

「……もう一度言う。去れ。三度は言わせるな」

「――ッ」

ゾクっと、身の毛がよだつような感覚に男性は襲われた、酔いは一気に冷め、震える脚を無理に動かしながらそこを去る。それを見て、フェイは僅かに助けた女を見る。

だが、何も言わず、礼も求めず、気遣いもせず、彼女の元を去った。

本当に、彼女が困っていたからという理由ではなく。ただ自身が不快であったから助けたのであろう。彼女に興味もないようでその場を去る。

「ベータ？」

フェイが向ける背の反対方向から、優しそうな女性の声がする。

振り返ると、助けられたベータと呼ばれた少女と全く同じ外見の女がいた。体の凹凸がしっかりと出ていて、美しかった。

ただ、眼は少し、鋭く、髪型はショート。

「……」

「どうしたの？」

「……」

「なにかあった？」

「……ッ」

先ほど、フェイが助けたベータと言われた少女がコクリと頷いた。

「そっか。ごめんね。私、少し買い物に夢中になっちゃって。怒ってる？」

「……」

頭を二回振って、少女は答えた。怒っていないという事なのだろう。

「そっか、じゃあ、寮に帰ろう。ガンマも待ってるし。今日はお姉ちゃんが昼食作るからね」

「……」

「その眼は何？　もしかしていや？」

「……」

コテンと首を傾げる、何とも言えないようだ。

「まぁ、良いけど。私が作るから」

「……ッ」

「え？　ベータが作る？」

「……！」

「え……まぁ、歩きながら決めよう」

そう言ってベータと彼女の姉であるアルファは歩き始めた。ふいに、ベータが足を止める。

そして、先ほどの男が歩いていった方を振り返った。だが、そこにはもう、その姿は無かった。

彼をどこかで見た気がする。僅かにベータはそう思った。それと同時に、男らしく、寡黙で、どんな人なんだろうと気になった。だが、それが誰であるのかは分からなかった。

◆

さっき、美少女が変な奴に絡まれてたから救ったぜ。王都の真ん中でナンパとか、朝からよくやるなぁ、と思った。

こういう構図は昔からある。謎に絡むおじいさん。それを間近で見られるとは。流石は主人公である俺、ベタなイベントも引き寄せてしまうのだろう。だけど、イベントとしてはそれにしてもベタだな……

でも、嫌いじゃないよ、ああいうの。主人公の見せ場を作る代表的な奴だもんね。

あの女の子、誰だか全然知らんけど。いやー寧ろ俺の出番を作ってくれてサンキューとでも言いたいくらいだ。

ビシッと決まったよね。こう、カッコよく雑魚を撃退する主人公。これはあるあるよ。もう、これやらないとみたいな？　通過儀礼だよ、あれは。

俺が今まで訓練してきたから、その覇気にもやられたんだな。酒臭かったけど、酔いも覚めた感じだったし、ええ感じに小者や。

あそこでさ、実はアーサーくらい滅茶苦茶強いとダメなんだよ。

いや、本当に良い感じの小者だったなぁ。今後もあぁいうの期待。俺の見せ場を作る小者は嫌いじゃない。クズだとは思うけどね。

普通に女の子だろうと何だろうと昼間から酒飲んで絡むのはクズ、これは変わらない。

そして、俺はクールに去るぜ。クール系主人公なんで、助かった子に一々声はかけないのだー。

クール系主人公は背中で語るんだぜ。

さてさて、師匠との食事に向かいますかねー。あ、やばい、不良から救って、ちょっとカッコいい背中を見せたくて、ゆっくり歩いてたら遅刻だ！！！

俺はちょっと早歩きで食事に向かった。

第四話　わくわく初任務!!

遂に、この日が来たぜ。仮入団が終了して本入団。そして、初任務。朝から気合が入っていますよ。

「ふぇい、きょうからにんむ？」

「あぁ」

「すげぇ！　がんばれ！」

「あぁ」

レレも応援をしてくれる。

「フェイ、無茶はダメよ？　絶対に帰ってきてね……」

「あぁ」

「ふぇい、おみやげ！」

「あぁ」

任務が楽しみ過ぎて、集中できないなぁ。周りの話が頭に入ってこない。あぁ、楽しみだなぁ。一体全体、どんな活躍をするのだろうか。

主人公の伸びしろとか、成長速度は誰にも測ることなど出来ないからな。俺が考え込んでいると、マリアが柔らかい手でそっと俺の手を包み込む。

あ、柔らかい。流石はヒロイン候補。

「帰ってこれるように、おまじない……昔、誰かがこれをやってくれたような気がして。だから、フェイにもやっておくね」

「……そうか」

うーん、健気で素晴らしいこの感じ、マリアは聖女というか王道的なヒロインの匂いがするなぁ。

どこかのアーサーとは違う。ジャイアントじゃない、小さいパンダみたいな愛嬌があるというか。

そして、二人から見送りを受けながら俺はクールに孤児院を出るぜ。トゥルーとは全く話さない。あいつ、マジで訓練以外俺と関わりが無いな。

いや、別にいいんだけどさ。俺としてはさ主人公のイベントがあるから今後も活躍するけど。でもさぁ？　トゥルーってモブでしょ？

俺との絡みが無いと出番減ってくぜ？　いくら魔術適性があったとしてもさ。いや、別に出番とか気にするはずないだろうけどさ。

トゥルーもポテンシャルとか結構あると思うから。その内、主人公である俺の右腕くらいにはねぇ？　してあげてもいいけども。

そんな風に主人公として、モブキャラ的なトゥルーの心配をしながら俺は初任務の集合場所である王都ブリタニアの門へ向かう。

「あ、フェイ」

「アーサーか」

「おはよう」

「……あぁ」

「おはよう？」

「あぁ」

「……どうして、挨拶返してくれないの？」

「……返したが？」

「おはようって、ちゃんと言ってほしい」

「……そのうちな」

アーサーが俺とほぼ同時に集合場所に到着した。その後にボウラン、トゥルーもやってきた。

そして、本日の任務はに今までの先生とは違う聖騎士が付くらしい。ユルル先生。魔術のジジイ。偶に座学を教えてくれるおっちゃん先生。今までとは違う新しい先生か。

まぁ、こういう時来るのは新キャラって奴かね？　主人公の俺に付く新しい先生が只者であるはずがないよな？

実は滅茶苦茶凄いエージェントみたいな先生だったりして。実は主人公である俺の潜在能力抜群の才能に驚愕して、こ、こいつ何者なんだ⁉　敵か味方か見極めないと‼　みたいなのは主人公あるあるだ。さぁて、どんなパターンかな？

待っていると、

「すまない。遅れたようだな」

赤い髪に、赤い眼。顔立ちが整っている良い感じの男性。眼がちょっと鋭い。俺と少しキャラかぶりしてるような……。

「俺の名は、サジント。聖騎士だ。今日はお前たちと一緒に任務に行くことになる。よろしくな」

「よろしくお願いします」

「よろしくー」

「……よろしく」

トゥルー、ボウラン、アーサーの順で挨拶をしていく。俺は無表情で特に反応をせずに静かにたたずむ。クール系なんでね。

ここで俺が先生宜しくお願いしますとか言ってもキャラ崩壊だし。そもそも俺は勝手にクールな言動に翻訳されるからな。

「まぁ、色々聞きたい事とかあるかもしれないが。それは任務に向かいながら話そう」

サジント先生が門に向かっていく。門番の聖騎士たちに挨拶をして、外に出る。あれ、そう言えば外に出るのって俺初じゃない？

わぁぁぁぁ！　お外だぁぁぁぁ！

ちょっと興奮だぜ。

サジントを先頭にして、四人は歩いていた。彼の隣では物珍しそうにボウランが指差ししながら質問をしている。

「なぁ、アンタはどれくらい強いんだ？」

「そうだな……それなりにだな。これでも三等級だ」

「おー、やるじゃん」

「凄いですね。三等級なんて」

「いやいや、俺なんてまだまだだよ」

ボウランがサジントに質問を投げるなか、アーサーは興味なし。トゥルーは何となくで相槌を打つ。

フェイは一番後ろで少し距離をとって歩いていた。そして、ボウランは彼に何度も質問を投げ続ける。

「聖騎士に成る前はなにやってたんだ?」

「とある貴族の執事をしていた」

サジントがそう言うとずっと興味無さそうにしていたアーサーが口を開く。そんな彼女の眼は少しだけ、ワクワクを宿している。

「あんまり、もふもふしてる感じしないけど……ッ」

アーサーの頭の中には羊の毛でもふもふ状態になっているサジントの姿があった。何だか面白そうと思っている。

「それ、羊な。俺がやっていたのは執事だ」

「……そっか。もういい」

一気に興味を無くして、絶望したような表情になるアーサー。彼女の興味は一瞬で消えた。

（え？　俺そんなに悪い事言った？）

サジントがアーサーの反応に僅かに驚きを見せる。だが、切り替えて今度はトゥルーに話を振った。

「トゥルーだっけ？　騎士になる前はなにしてたんだ？」

「孤児院で過ごしていました」

「へぇ……その前は？」

「村で暮らしてました。もう、無いですが」

「すまん。そうだったとは知らず」

「いえ、お気になさらず」

サジントは報告書を見ており、本当はそれを知っていた。

監視対象なので何かしらの情報を抜こうとしていただけだが、それを知るはずのないトゥルーにそう言って、今度はボウランに話を振った。

順番に聞くことでその行為が特定の誰かだけにしていると怪しまれないように。

「ボウランはどうなんだ？」

「あ？　アタシは村で追放みたいな感じで死にかけて、色々やって生き延びて、強くなりたくて聖騎士やってるな」

「そうか……」

(資料見てないから知らんけど、この子結構重いな……)

「アーサーはどうなんだ?」

「……なんで?　そんなこと聞くの?」

「あー、皆の事を知りたいみたいな感じだ。これから一緒に任務をするわけだしな。いつもやってるんだ」

(よし、これで怪しまれることは無いな)

心の中で彼は少し、ガッツポーズ。この流れで下手に会話を切れば何かあるというようなもの。それだけで彼は良かった。その情報だけで。しかし……。

「……先生は年下の男性や、年下の女性の身の上話を根掘り葉掘り聞くのが大好きなんだね」

別に悪意はないが、他意もない。ただ純粋に思ったことを口に出しただけだが、アーサーの言葉は何気にサジントを傷つけた。

(その言い方、ちょっと嫌なんだが……)

「アーサーには聞かない事にするよ。えっと、フェイはどうだ?」

少し後ろに居て、ずっと沈黙を貫き興味が一切ないと言わんばかりの彼にサジントは聞いた。アーサーが真の目的。

だが、ここで聞かないというのももったいない。折角の流れをアーサーに壊されたが、聞いても変ではない雰囲気なのだ。

「それを話して、何になる？　雑談をするつもりはない」

「あ、そうか」

（えー、なんだよこいつら……俺もそんなに感情を表に出すタイプじゃないけど……俺以上に全然動かんし。いや、マジでやべぇなぁ）

空気が死につつある中、五人は任務のとある村に向かう。

「今回の任務の確認とかしなくて良いのか？」

「そうだなボウラン、そうしよう」

微妙に気の利くボウランにサジントは感謝した。

（いや、助かるボウラン。空気が死んでいた。というかこいつらいつもこれか？　年中葬式か？）

「あー、今回は魔物によって農作物が荒らされてしまった、スタッツの村。そこでハウンドという狼の魔物を退治することになる」

「へぇ、在留の聖騎士とか居ないのか？　偶にいる村もあるだろう」

「聖騎士はいつも人手不足、何処でもいるというわけじゃない。だから定期的に派遣している、今回はそれを兼ねている」

「へぇ」

魔物。それは逢魔生体（アビス）とは違う脅威。人間を襲ったり、農作物を荒らしたり、害を及ぼす存在が多い。フェイ達はその駆除にやってきたと言っても過言ではない。

ボウランの話、そしてトゥルーの相槌によって何とか空気を保ちながらスタッツ村に一行は到着した。村の近くに木々が生い茂っており闇が深く、どこか不気味さを感じる。

「おお、これは聖騎士様」

「どうも、事情は聞いています。早速調査をさせて頂きます」

「お願いします」

年寄りの村長とサジントが話をして、調査が開始される。

フェイ達が命じられたのは村の周り、林を見てそしてハウンドという狼に似ている魔物に出会ったら駆除を命じられている。

トゥルー。アーサー、ボウラン、彼等の腰、そこには鉄の剣が鞘の中に納まっていた。仮入団の時とは違う。

今までとは違う重みのある剣に緊張が走る一同。とは言っても、アーサーとフェイは無表情。緊張しているのはボウランとトゥルーだけである。

「じゃ、アタシはこっち見てくるわ」

「……ワタシはこっち」

「……僕は……」

トゥルーが迷う。それはまるで、そこから先が天国であるか、地獄であるか。それを決めるかのように。

人生の大きなターニングポイント。トゥルーという、ノベルゲー『円卓英雄記』の主人公である彼に与えられた、選択肢。

ゲームではその後の主人公の行動を決めるために、行動の選択肢が複数用意されている。その中から一つを選び、それによってストーリーは分岐するのだ。

そして、鬱ノベルゲーと言われたこの世界では一個の選択次第で容易に主人公は死んでしまう。

そう、ここでのトゥルーの選択が彼の命運を分ける。どちらにしろ悲惨な運命が待つのだが……生きるか、死ぬか。それが今……決定する。

トゥルー生死を分ける最初の選択肢。勿論この世界は現実なので選択肢が実際に現れることはない。

だが、彼の行動はまるで世界のシナリオをなぞるように、二分されている。

『――僕は……あっちにしようかな?』

『――いや、初めての任務だし、やっぱりここは皆で行くべきだよ』

彼は迷う。それが生死を分けるとは知らずに。

一人ずつで回った方が効率は良い。だが、全員で回った方が何かあった時に対処が出来る。

「いや、初めての――――」

「おい! フェイ!」

トゥルーの言葉を遮るようにフェイが単独で動いた。それは先ほどまでトゥルーが一人で回るならこっちだなと考えていた方向だ。

「俺は一人で回る。この程度、一人で十分だ」

フェイはそう言って近くの林に足を進めた。彼がそう言ったら誰にも止められない事は三人とも知っていたので、見送るだけとなった。

――そこへ、村長がやってくる。

「あ、聖騎士様方」

「お、村長じゃん」

「村長さん、どうかしましたか？」

「いえ、実は村の娘が一人、山菜を採りに林に行ってしまったとかで」

「「え？」」

「……」

「なんでも、村の農作物がやられたからご飯を取らないとと思っていたらしく」

心配する村長の言葉に三人共それぞれ反応を示す。そう言われたら彼等は動かないわけにはいかない。トゥルーやアーサー、ボウランが急いでその現場に向かうとする。

だが、次の瞬間、

――ガァァ
大きな咆哮のような音がした。一つではなく、十、二十、視認できるだけで五十程の魔物、ハウンドがいた。

「っち、ハウンドか？」

「……変な感じがする。前に見たことあるのと、ちょっと違うかも」

「僕たち三人で村の人を守ろう」

ボウラン、アーサー、トゥルーの三人が剣を抜く。臨戦態勢に入り、そこへサジントも合流する。

「このハウンド、どこかおかしい。お前ら、気を抜くなよ」

異変に気付いたのは、アーサーだけでなく、サジントもだった。そして、更に彼はフェイがいない事に気づく。

「フェイはどこだ?」

「アイツなら一人で林に行ったぞ!」

「そうか……っち、こんなの聞いてないな。量も迫力も普通じゃない。フェイは後回しで、取りあえず村の住人を守れ」

魔物数はさらに増えて、百近いハウンドが村を囲っていた。

これは、『円卓英雄記』トゥルー生存ルートに入った証でもある。トゥルーが三人で回ろうとボウランとアーサーに告げる。それと同時に、村長、サジント、普通ではないハウンドが現れ、それを倒す。

村の住人は一人だけの犠牲によって、助かるのだ。

一ではなく十の命を優先をした結果だ。これは誰にも咎められない。だが、淀みがないわけでも無い。これが、選択をした責任。

鬱である証だ。

これでトゥルーたちは、一応生存なのだ。しかし、先ほどの村長の話にあった一人の村の女の子は無残な姿に……。

第五話　本来のノベルゲー『円卓英雄記』の結末・原史

『――僕は……あっちにしようかな？』

『――いや、初めての任務だし、やっぱりここは皆で行くべきだよ』

トゥルーは選択を迫られていた。

『――僕は……あっちにしようかな？』

トゥルーは選び、森の方に駆け出す。森の中は鬱蒼としていて、昼間のはずなのに沢山の葉で太陽は遮られていた。

木々の根っこ、小枝、それらを踏みながら森を翔る。すると、森の中で誰かが倒れているのが見えた。

急いでその場に向かう、するとそこには一人の村娘が座り込んでいた。

「だ、大丈夫」

「……あ、ぁ」

彼女は言葉を発することはできないようだった。何故だが、体も小刻みに震えており、動けない様子。

「どうしたの……？」

「それ、僕の仕業だ」

「――――ッ」

村娘の方とは逆の方向から軽快そうな声で話しかけられ、トゥルーは急いで振り返り剣を抜いた。

「あ、ごめん。驚かせちゃった？」

黒いローブを被っている男性だ。顔は分からないが声で分かった。

「あ、君、聖騎士でしょ。よかった。釣れてる」

「なにを」

「こっちの話、それにこの間のユルル・ガレスティーアの事件どうだった？　兄達みたいに暴走させたの僕なんだよね」

「……ッ」

トゥルーはいきなり斬りかかった。だが、それは軽くかわされる。

「あー、まぁいいか。消してしまおう」

「なにをッ」

「ねぇ。僕の眼はどう？」

黒ローブの男の素顔が僅かに見えた。全部ではないが、彼の眼はしっかりと見えた。その眼は異様だった。

まるで、龍の眼のように禍々しく恐ろしかった。その眼を見た瞬間、トゥルーの体は石のように動かなくなる。

「この眼は特別なんだ。龍蛇の魔眼と言ってね。自由都市で超有名な冒険者レギオン、ロメオの団長から奪ったんだけどさ」

動かなくなった彼の前で黒ローブは笑った。

「あ、僕の名前はデラだよ。よろしくね、まぁ、もうすぐさよならだけど」

彼は一本のナイフを懐から出した。

「龍蛇の魔眼は最高クラスの魔眼だから簡単に暗示をかけられる。君は強そうだけど、魔眼が無いんじゃ話にならないさ」

「――バイバーイ」

END　ゲームオーバー

『――いや、初めての任務だし、やっぱりここは皆で行くべきだよ』

トゥルーの考えはやはり初めての任務だから皆で居ようという安全策だった。そう決めた彼らの元に大量のハウンドが現れる。

それらを討伐し、喜んだのも束の間、村娘の死体が発見された。守った気でいたのに結局は何も守れてはいなかったのだ。彼等は虚しさと悔しさを覚えた。

だが。それでも、彼等は歩み続けなくてはならない。ここから先はもっと地獄の道だとしても……。

ここまでのプレイデータをセーブをしますか？

はい▲

いいえ

『円卓英雄記』次の章に進みます。

第六話　主人公がこんな序盤のイベントで負けるはずがないだろう・異史

一人の村娘が林の中を歩いていた。農作物が魔物にやられてしまい、彼女は林の中で山菜などを採り、少しでも食料にしたかったからだ。

黄色の髪に、黄色の眼。優しそうな顔立ちにショートヘアー。

村一番の美女と言われているヘイミーという少女。

十四歳で体は凹凸ができはじめている、将来は間違いなく天下一の美女になると村では予言のように言われている。

冬も近くなっており、貯蓄に簡単に手は出したくはない。

それに彼女は星元（アート）を少しだけ使えるので、何かあっても問題なく、逃げるくらいなら出来るだろうと高を括っていたのだ。

「あ、この山菜食べられる。こっちも」

そう言って手提げの木の籠に次々と山菜を入れていく。

村からかなり遠くなってしまっているので、今ここで狼が遠吠えをしてもあまり聞こえないだろう。

「キノコも食べられるな……でも、ハウンドは森の作物には全然手を出していないような……」

村の物には手を出すのに、自然の物にはあまり手を出さない事に僅かに疑問が湧く。

「あれ？　それって、食べられるんだ？　随分汚い感じがするけど」

「……ッ」

急に前の木々から声がした。

「あ、驚かなくていいよ」

そう言って出てきたのはローブの男。姿がよく分からないが、声で男性であると彼女は判断をした。

そして何か、嫌な予感も彼女は感じ取る。

「いや、それにしても、折角実験体のハウンドなのに見せ場が無かったよ」

「……え？」

「聖騎士を呼び出すために、多少農作物に手を出させて、おびき寄せた活きの良い聖騎士と戦わせて実験のデータを得ようと思ったのに」

勝手にその男は話し出した。

「闇の星元(アート)を無駄にしちゃったよ。アイツら、ちょっと実験相手では収まらない過剰戦力。教師役もかなりの腕だし、本当についてないな、僕は」

がしがしと頭をかきながら彼は勝手に話を続ける。ただの村娘には理解できない考えであったし、全く知らない世界の話でもあった。

「まぁ、噂の光の星元(アート)の一端を見られただけでも良かったんだけどさ。ユルル・ガレスティーアも、彼女が抑えたわけだ。納得。まぁ、あんなにヤバい奴らがいるから、逃げた方が良いんだけど、それでも、ここで引き下がったらなんかスッキリしないからさ」

「……ッ」

話にならない。一方的に事情を言われて、彼女の頭はパンクしそうであった。

そして、今現在自分が異常者と対面して生死にかかわる状況であると彼女は判断した。

僅かにローブの中の男が見える。蛇のような黄色の鋭い不気味な眼であった。

――逃げよう。そう思って足を……。

「あ、動かないよ。僕の魔眼で動けなくしてるからさ。あー、ちょっとついてない。でも、君で少し、発散できそうだぁ」

「――ッ、あ、あ、あ」

上手く声が出ない。助けが呼べない、足が動かない、逃げられない。

「先ずは爪を剥いで、悲痛な顔を見せてもらおうかな。あんまり時間はかけないから、安心して。あとは、足の骨を折って、その後潰れるまで踏み続けよう。最後に頭を足で踏み潰して、脳汁をドバっといきたいよね」

「あ、あが、あああ」

「助けなんて呼べないさ。魔眼が……うわ、君漏らした？」

彼女は恐怖のあまり、失禁してしまった。

「汚いな。まぁ、そこら辺は、踏まなければいいか……さて、あんまり時間かけてると、聖騎士たちが来ちゃうかもしれないから、手早く済ませようねー」

「あ、嗚呼」

死にたくない、死にたくない、そう彼女は願った。眼からは涙が零れて、何も悪いことはしていないのにどうしてと自身の運命を恨んだ。

（助けて、誰かぁ。お願い）

悲痛な願いを心の中で唱えた。ゲームであれば彼女はどんな選択をしてもここで死んでしまう。

――だが、ここは現実であり、既に異端児が産まれている。

「それじゃ……ん？」

黒ローブの男が彼女に近寄ろうとした瞬間に、彼に一本のナイフが飛んできた。黒ローブの男はそれを避ける。そして、彼が避けるとそれはストンと後ろの木に綺麗に刺さった。

急に誰かが来たかのように風が林を突き抜ける。

ザッ、ザッと馬が走るような、軽快でいて、荒々しい重厚な足音。

「あーあ、聖騎士が来ちゃったよ」

「……」

黒髪に黒い眼。無愛想な顔つきに、腰には一本の鉄の剣。騎士団の格好をした一人の男性、フェイが現れた。

「まぁ、二人パパッと、殺そうかね」

「……おい、お前は逃げられるか？」

眼の前の敵よりも、動けなくて泣いている少女に彼は尋ねた。眼の前の男の甲高く、見下すような声音ではなく、ただ、淡々とこなしていく戦士の声。

「あ、あ、あ、あ」

「……なるほど」

全てを察した彼が目の前のローブの男と向かい合う。本当なら選択次第でここにいたのはトゥルーという少年であった。

その彼は駆け付けたは良いが、眼の前の男の魔眼によって、なすすべなく殺されゲームオーバーとなるのだが。

「まぁ、いいや。取りあえず、《跪け》」

黒ローブの男が結果が分かりきったゲームをするように魔眼による暗示をかける。

だが、その全てを見下した彼に返ってきたのは、剣戟であった。

「ッ」

異常に気付いて咄嗟に後ろに跳躍し、男は避けた。どうして、魔眼が効かなかったのか。意味が分からない、そう思いながら黒ローブの男、デラは態勢を整えて再びフェイの方を向いた。

フェイの剣は更に加速して、先ほどよりも接近する。連撃が繰り出され、それらを慌てながらデラは手で捌く。手を金属の剣にあてるなど普通ではない。

そして、捌ききった男は更に距離をとった。

「……？　眼を合わせていなかったのか？」

「……」

「……ローブで僅かに隠れたのか？」

魔眼が効かなかった彼は、何が起こっているのか分かっていなかった。確かに目を合わせたように見えた。そして自分は間違いなくフェイに暗示をかけた。

だが、相手は平気な顔で斬りかかってきた。この不可思議な事象に彼は首を傾げ、独り言をぼやき始める。

「魔眼持ちでないように見えるが、何らかの加護を……?」

「……」

ブツブツ言っている男にフェイがまた迫る。感情を無くした眼で、恐怖などないような眼で、機械的で無機質な表情で。

さほど速くはない。だが、ローブの男は警戒をしていた。再び、ローブの男と彼が眼を合わせる。

「《止まれ》」

「……」

返答はまたしても剣。再び距離をとり、剣戟に手で応戦する。

「いや、まさか、最高ランクの魔眼だぞ⁉　龍蛇の魔眼だぞ、これは‼　この眼を僕がどれだけ苦労して⁉」

避けられないという程ではなかった。だが、眼の前の男に僅かに驚愕してしまったのも事実。

剣をローブの男に向ける剣士。彼と男が僅かに対峙する。互いに何かを考えているかのように。

(落ち着け。さほど速くはない。ならばここで身体的な差で……殺せる)

そう、単純な戦力ではローブの男は剣士を遥かに凌駕している。デラはゲームでもそれなりのボスなのだ。今の力は完全ではないが、その実力は単純に現時点のアーサーに匹敵する。

だが、普通であれば、普通に戦えば、そんな選択が彼には出来ない。眼の前の剣士の歪さがその判断を迷わせる。

(だが、なぜ魔眼が効かない!? そして、あの眼はなんだ!? 魔眼ではない、純粋な狂気のような)

(自身が負けるなどとは微塵も感じていないような眼。明らかに僕の方が強いように見える。それに相手は星元(アート)を使ってもいない)

(手札が分からない。だが、闇の星元(アート)を研究し尽くしてきた僕なら……だが、ストックがあまりない。ユルル・ガレスティーアから生み出した闇の星元(アート)もハウンドによって全部チャラ。あまり無駄な戦闘で……)

(だが、ここで純粋な実力で……だが、眼の前の男の眼が不気味でしょうがない。なぜこ

こまで《勝ちを確信した眼でいられる》⁉︎)

(まさか、僕を殺す手段を持っているのか⁉︎)

(それに剣技も雑魚には見えない……透き通るような太刀……)

(ここは……)

(ハッタリであるのなら、大したものだ。だが、そうは見えない何か、《歪な執念》を感じる。こういう奴に手札が分かっていないのに戦うのは危険か……)

(まだだ、僕は完璧になる。そうだ、ここでリスクを負う必要はない。他の聖騎士たちの合流を待ってるという可能性もある、ここは……引くか)

「覚えていろよ、今日は引いてやる」

呪いのようにそう呟き、ローブの男は逃げるように走り去っていた。フェイはそれを確認すると腰の鞘に剣を収める。

そして、動けなくなって泣いている少女に近寄った。

「おい、動けるか」

「あ……」

「……やはり、よく分からんが動けんようだな」

そう言うと彼は少女をおんぶした。失禁しているので、それを気にする素振りを少女は見せた。

「あ、あ」

「大体、考えていることは分かる。だが、気にするな」

「……」

「俺は、ただ己の責務を果たしているだけだ。だから、暫くそのままでいろ」

そう言った彼がただ林を抜けていく。木々の間から僅かに漏れる太陽の光が彼女にとっては眩しかった。

いくら歩いたか、次第に村が近くなってきて。

「あぁ」

村に戻ると、少女、ヘイミーの瞳から涙が零れた。

そして、最初に金髪の少女、アーサーが彼らに近寄った。

「フェイ?　その子……」

「拾った、この村の仕人だろう?」

アーサーはヘイミーを見て、暗示をかけられていると分かった。

「……ねぇ、ワタシの眼を見て」

「……」

アーサーと彼女の眼が合う。暗示に対して有効なのは暗示だ。

アーサーもデラが持っていた最高クラスの魔眼、龍蛇の魔眼。それに相対するように最高クラスの支配の魔眼を保有している。アーサー、彼女の綺麗な菫色の瞳が輝く。

彼女はオッドアイで左目だけ菫色だが、その眼とヘイミーの眼が交差する。

すると、動かなかった体が完全に自由を取り戻し、少女は再び涙を零した。怖かったのだ。このまま自由に動けなかったらと思うと。

「フェイ、その子、もう大丈夫」

「……いや、こいつは家の中まで運ぶ。おい、家はどこだ、さっさと答えろ」

「え？　あ、その、あそこの」

そう言うと彼は少しだけ急ぎ足でその家に向かった。誰にも彼女の姿を見られないように。

そして家に入り、少女を置いて直ぐに家を出る。

取り残された少女は分かった。彼は自分の背で自身の失禁を隠し、それを周りにはバレないように急いで着替えをさせようとしたのだと。

「……うぅ、うぅぅ、あぁあぁっぁあぁ！！！！」

声にならない泣き声が鳴り響いた。恐怖から解放された安心感、知らない異性に物凄く気遣われたことに対する恥ずかしさ、そして、何とも言えない感謝。それらが混ざり合って彼女は泣いた。

ただ、それを聞いていたのは誰もその家に入らないように入り口で腕を組んで眼を閉じている黒の剣士だけであった。

◆

時は少し経ち、互いに報告しあう聖騎士たち。フェイはサジント達に全てを話した。

彼らはローブの男が何者であるのか。それをひたすらに考える。するとそこに村長と黄色髪と黄色眼の少女、ヘイミーが。

「いや、聞きました、命を救っていただけたとか、ありがとうございます。聖騎士様」

「それが責務だ。一々、そんなものはいらん」

「ハハハ、どうやら誇り高いようで、それとこの子も礼を言いたいそうです」

「いらんと言っている」

ぶっきら棒にそう言った。だが、少女は彼の前に歩み寄る。

「ありがとうございました、あの、本当に、どうなっていたことか」

「気にするな。何度も言うが責務を全うしただけだ」

「……そ、それでも！」

「……分かった。その礼は受け取っておこう」

「……は、はい。その、お名前は？」

「ッ……名乗るほどの者ではない」

会話をすぐに断ち切りたいような雰囲気を出す彼と、何とかして会話を繋ぎたいヘイミー。彼女はちょっとだけフェイの事が気になってしまっていたのだ。

だが、フェイは本当に名も名乗らず、腕を組みながらそっぽを向いてしまっている状態であった。

「フェイだよ」

アーサーが答えないフェイの代わりに答えた。僅かにフェイが眼を細める。

「……フェイのそれは謙虚じゃないと思うよ、卑屈になって、その子を悲しませてるだけ。助けたんだったら、偉そうにふんぞり返ったら良いと思う」

少しだけ、どやぁっとした顔を見せるアーサー。それは彼が月下で彼女に言った言葉であったからだ。

ふんっと鼻を鳴らし、ヘイミーを彼は見た。

「改めてだが、俺はフェイだ」

「わ、私は、へ、ヘイミーって言います！　その、名前を覚えて頂けると非常に嬉しいです……えっと……」

「……ヘイミーか……」

「はい！」

名前をフェイに呼ばれ、麗しい花のような笑顔を彼に向ける。だが、彼はいつもの無表情でその顔にデレたりはしない。

「あ、あの、王都で暮らしていらっしゃるんですか？」

「あぁ」

「じ、実は私も来年、聖騎士に成ろうかなって！」

「そうか」

「で、ですから、フェイ先輩と呼んでも宜しいでしょうか？」

「あぁ」

「あ、あの、ご趣味とかは」

「訓練だな」

あまり会話が盛り上がっているように見えない。それを見たアーサーが、

「フェイ、会話はちゃんとしないとメッ！」

「……お前は俺の何だ？」

そんな感じで、ヘイミーと彼の会話が終わった。そして、五人は一度王都に帰宅をする。

その道中、フェイ以外の四人はハウンドの事などを思い返していた。

「あれは、普通のハウンドじゃなかったな」

「……うん。ユルル先生と同じ感じがした」

「じゃあ、ユルル先生の一件と何らかの関係が」

「それはまだ分からない、取りあえず黒ローブはマークをする必要あると思うが……フェイ、お前はどう思う？　お前があの男と対峙したんだろう？」

「……」

サジントが聞いたが返事はない。ただ、フェイは一人唸り、ひたすらに何かを考えこんでいた。

「先生、そっとしておいてあげて。フェイは対峙したから、色々考えこんじゃってるだけ。きっと、ワタシ達より深いことを考えてる」

「あ、ああ、そうか」

（こいつ、フェイのことになると急に話すな。しかも、なんかこの彼女面みたいなの鼻につくな……言わないけど。先生は年下の恋愛に興味あるんですね、とか言われそうだし）

何故かフェイの彼女みたいなことを言っているアーサーに疑問をもったサジント。

そして、異様なハウンドの群れに対して、これから何かが起きそうな予感が彼等にはあった。

世界を巻き込むような、何かが。

さぁて、村に到着した俺！

主人公の最初の任務、いやー楽しみだな、何が起きるのだろうか？

でも、聞く話によるとハウンドらしい。魔物のハウンドかぁ？

ちょっと主人公である俺が討伐するには地味なような気もするがまぁ良いだろう。

これくらい一人でこなしてやるぜ。アーサーとか一緒にいると俺の活躍奪いそうだし。

俺は一人で行くぜ？　みたいなことを言いながら皆と別れる。

そう言って林を抜けていくと、何やら女の子が襲われている。

これは助けないといけない!!　黒ローブの男に向かって、ナイフを投げるぜ。

ユルル先生直伝!!　ナイフ投げ！！！

あら、避けられた。だが、気にしない。俺の真骨頂はユルル師匠から習った剣なのだから。

さて、ローブの男、明らかに怪しい。この子も泣くほど怖がってる、失禁までしている。

だが安心しろ、主人公である俺がこいつをぶっ飛ばしてやるぜ!!

戦闘開始！！！

何か、止まれとか跪けとか言ってるけど……大丈夫か？　コイツ。まぁ、初任務の序盤の敵だからな。虚言が多いだけやろ。

そんなに強くは無いだろうさ。

戦っていると意外とやるようで、剣を避けられた。

おー、なんか、初めて正しく敵ってやつが出てきたな。まぁ、こういうのはチュートリアルだろうし、余裕だろ？

「いや、まさか、最高ランクの魔眼だぞ⁉　龍蛇の魔眼だぞ、これは!!　この眼を僕がどれだけ苦労して⁉」

よく分からないが、俺には耐性があるのか？　まぁ、主人公だし、多少はあるだろうな。

主人公補正というやつだろうか？

いやそれにしても、驚き方が三下。流石序盤のボス。

ふっ、残念でした!!　魔眼効きましぇーん！

魔眼が効かないとなると……なんか考え込んでるけど、どうしたんだ？

変な敵だな。まぁ、女の子を失禁させるほど怖がらせるとか碌な奴じゃないけどな。

だが、こいつ序盤にしては中々の敵だな。剣も結構捌かれるし？

（だが、ここで純粋な実力で……だが、眼の前の男の眼が、不気味でしょうがない。なぜ、ここまで《勝ちを確信した眼でいられる》⁉）

――まぁ、結構強いけど、俺が負けるはずないだろ‼　お前のような序盤の敵に‼

俺が死んだら、終わりやからな。世界は俺に乗り越えられる試練しか与えないのだ。残念、お前じゃ俺に勝てないぜ。

（ハッタリであるのなら、大したものだ。だが、そうは見えない何か、《歪な執念》を感じる。こういう奴に手札が分かっていない状態で戦うのは危険か……）

――俺は主人公だ、つまり……序盤のボス絶対殺すマンだぜ。女の子を虐めた罪は重いぜ。

「覚えていろよ、今日は引いてやる」

あれ、逃げた。

序盤の敵だから、主人公の俺に恐れを抱いたのか。まぁ、序盤の敵な感じだから、内心も結構小物なんだろう。

さて、この子どうするかな。動けないようだから、取りあえず俺が背負って村に送り届けよう。名前も知らないし、本当に村の子か分からないが。おんぶしようとしたら何か気まずそうな表情をしているようだ。

あ！　失禁を気にしているのか？　そんなの気にしなくていいよ。そんな細かい事気にしてたら主人公なんてやってられないから。

え？　村に帰ったら、アーサーが何か呪いを解くみたいなことをした……こいつ、本当に活躍の場を奪うよな。俺の活躍（笹）を食べるジャイアントパンダ、ライバル枠だからな。

気を付けないと。

あー、動けるようになったらなったで、失禁バレたら恥ずかしいか。多分服とかびしょびしょだろうしな。

バレないようにおんぶで前を隠しながら家まで送ってやろう。背中で隠れてるからバレないぜ。

　誰かが入らないように少し見張ってやるかな。

　さてさて、それも終わって時間が経ったらサジントに森で何があったのかを聞かれたので手短に報告するか。

「かくかくしかじか、というわけだ」

「なるほど……お前が向かった森で黒ローブの男に襲われていたヘイミーさんを助けたのか。相手は何らかの魔眼をもっており、だがそれはお前には効かず、何とか退けて此処まで戻ってきたのだな？」

「そうだ」

ん？　村長と少女がお礼に？　いやいいよ今回そんな凄いことしてないし、というか、主人公が命の危機を救うのは基本。当り前というか世界の真理なんだよね。

主人公が誰かのピンチを身を挺して守るのはさ。だから、後は当たり前みたいな顔でクールに佇んでいる。だが、それにしてもこの黄色の子、凄い話しかけてくるな。

俺的にあれは基本だぜ？　本当に大したことではない。というかアーサーに活躍盗られたからちょっと複雑ですらある。

「……は、はい。その、お名前は？」

あ、一回くらい『名乗るほどでもない』って言ってみたかったんだよね。言うか、ここで。

「ッ……名乗るほどの者ではない」

言えた。一回言いたかったんだよ。ん？　アーサーが俺の名前バラしやがった！　いや、いいんだけどさ。ちょっと、間を考えて……。

「……フェイのそれは謙虚じゃないと思うよ、卑屈になって、その子を悲しませてるだけ。助けたんだったら、偉そうにふんぞり返ったら良いと思う」

コイツ、凄い良い事言うな。俺が前に言ったような気がするが……何か、論破された気分だ。

凄いドヤ顔しているのが腹立つな。

「わ、私は、へ、ヘイミーって言います！　その、名前を覚えて頂けると非常に嬉しいです……」

「……ヘイミーか……」

なに⁉　ヘイミーだって⁉

あれ、そう言えばこの世界ってノベルゲーだよな。

平民（へいみん）のヘイミー……明らかに韻を踏んでるよな？　これあれだな。作者がゲーマーたちに名前覚えやすいようにしたんだな。

えー、じゃあ、どっちだ。平民だからヘイミーって名前にしたのか、ヘイミーって名前を思いついたから平民にしたのか……。

こういうのって気にしちゃうと暫く悩むんだよな……。

ゲームの裏事情みたいな、作者側の気遣いみたいなのって気になるのなんでだろー！

普段は気にしないことをふと考えると、気になるのなんでだろー！

あー、全然話が頭に入ってこない。

帰りもずっとこのことで頭がいっぱいで、四人の話が聞こえないし、夜もよく眠れなかった。

そんな感じで初任務は終わった。

◆

薄暗い牢のような部屋。そこでサジントがノワールに初任務の経緯について説明していた。

「ローブの男か……」

「はい。フェイが確認したようで、ほぼ戦わず逃げられたようです」

「……そいつはハウンドを改造してたんだろ？　そんな奴に、ただの仮入団卒業したばかりのルーキーが犠牲も出さずに退けられたのか？」

「それは見てないので……しかし、村の少女が言うには助けられたのは事実だと。記憶が混乱してあまりはっきりとは一件を覚えていないようですが」

「トゥルーの方は？」

「彼は非常に優秀です。魔術の精度や、剣術、恐らくですが、彼の同期の中では頭一つ抜けているかと」

「……アーサーは？」

「頭二つくらい抜けています。化け物でしょう」

「光の魔術を出したか？」

「はい。恐ろしく精度が高いです」

「……アーサーに他におかしな点は？」

「彼女は口数が少なく、普通に人にずばずば際どい事も言います」

「そういうのは良い。怪しい点とかだ」

「怪しくはないと思います。ただ」

「？」

「フェイのことになると急に口数が増えます。しかも、私は彼の事全部分かってますよ感というか、後方彼女面みたいなことをしていました」

「なんだそりゃ」

「いえ、俺もよく分からないのですが二人はもしかして、恋仲」

「いやねぇよ。俺の勘がそう言ってる。つうか、どっちも重度のコミュ障なんだろ？　アーサーの方はよく本が好きなコミュ障男女が自分の好きなことになると饒舌になるみたいな感じだろ」

「あぁ、なるほど」

淡々とアーサーフェイ恋仲説を否定していく。ノワール。小さい少女だと思えない程に言葉が乱暴である。

「まぁ、いい。お前はアーサーを見てろ……俺は、少し、このフェイって奴を見ることにする……」

「任務同行ですか？」

「一般人のふりをするがな。ノワールの方の姿、つまり現時点でのこのプリティな娘の姿でちと見張る」

「……プリティ？」

「あ？　文句あるのか？」

「あ、すいません。表向きの一等級聖騎士、ブルーノの方の姿ではないんですね」

「あの高身長の男装姿じゃ目立つ。それに一等級が身近にいたら色々と本性出さないかもだろ」

「貴方がわざわざ動くのは珍しいですね」

「このフェイって奴……妙な感じが頭から拭えねぇ。取りあえず、こいつの次の任務は俺が見るから、お前はアーサーをしっかり見とけよ」

「はい」

彼女には二つの顔がある。

十一人しか存在しない、一等級聖騎士。円卓騎士(ナイツ・オブ・ラウンズ)であるブルーノとしての姿。この姿は表向きで、高身長の男性であると偽装をしている。

そして、裏で汚れ仕事や貴族を探ったりを個人でしている、本当の姿。小さい少女ノワールの姿を使い分けている。

「フェイか……」

彼女は眉を顰(ひそ)めて、とある聖騎士の名を呼んだ。

幕間　神々の集い

1名無し神
フェイ君は最近どうなん？
2名無し神
相変わらず狂ってるよ
3名無し神
マジか
4名無し神
というわけで頭おかしい転生者を振り返りますか
5名無し神
アーサーちゃんの所でジャイアントパンダは笑う
6名無し神
その女の子、主人公ですよ!!

7名無し神
初めてフェイを見たんだが、アーサーとトゥルーが主人公なんだろ？
8名無し神
せやな、『円卓英雄記』の主人公はトゥルーとアーサーやで
9名無し神
フェイ君は本来ならトゥルー君にちょっかい出して、アーサーにも嫌われるカマセです
10名無し神
だけど、今は自分の事を主人公だと勘違いしている狂人がフェイ君をやってます
11名無し神
どう考えたらジャイアントパンダとかいうパワーワード生まれるん？
12名無し神
パンダの眼って意外と怖いよね
13名無し神
フェイ君が前世で読んでいた漫画でジャイアントパンダライバル枠なんてのがあったのかね？
14名無し神

というか思うんだけど、こいつの考え方偏りすぎじゃない？
15名無し神
フェイ君の主人公像が気になる所
16名無し神
多分、前世で読んでいた漫画は大分偏っていると思う
17名無し神
ジャイアントパンダライバル枠は何処探してもないだろ（笑）
18名無し神
パンダライバルは笑う
19名無し神
俺も腹筋壊れそうだった
20名無し神
神の給湯室でお茶飲みながら、見ていた俺氏、お茶噴き出す
21名無し神
アーサーちゃんが嬉しそうだったから俺は良し
22名無し神

俺が全部引き受けるとか言って、アーサーちゃんが期待してる
23名無し神
その内、パンダの檲に爪で引き込まれる運命が見えた
24名無し神
俺はアーサーより、ユルルちゃんの方が推しやな
25名無し神
分かる
26名無し神
可愛すぎるんだよな
27名無し神
ユルルちゃんは嬉しすぎてピョンピョン跳ねるウサギ系ヒロインやからな
28名無し神
フェイ君、ヒロインだと思ってへんぞ
29名無し神
それウケル
30名無し神

ポンポン痛いのかな？
31名無し神
なんでや!!
32名無し神
どうしてそういう発想になるんや？
33名無し神
フェイを理解するとか無理だろ
34名無し神
フェイは理解するんじゃない、感じるんだ（定期）
35名無し神
ほんまコイツ分からんのやけど、特に意味不明だったのはスタッツの村で魔眼を無効化してたのはなんなん？
36名無し神
前も魔眼は無効化してたやろ
37名無し神
アーサーちゃんとの入団試験でしてたな

38名無し神
あれはどういう理屈なん？
39名無し神
魔眼は暗示をかけて相手を支配することが出来る。他にも能力があったりするけど、基本的には暗示。魔眼はランクが高い程に強力な暗示をかけられるけど、フェイの場合、自分の事を主人公だと思い込むことによって、強烈な暗示を自分自身にかけて他の暗示を無効にしてる
40名無し神
長文説明ありがと……つまり、どういうことだってばよ？
41名無し神
自分の事を主人公だと思い込む、自分自身の暗示が他の暗示を受け付けないほどに強烈だって事
42名無し神
ほぇー、そういう事か……つまり、どういう事だってばよ？
43名無し神
無限ループ（笑）

44名無し神
いや、分からん、理屈は少しわかったが、どうしてただの人間にこれが出来るのか、さっぱり分からない
45名無し神
神にすら分からないフェイ君の精神
46名無し神
フェイ君、実に面白い
47名無し神
スタッツの村で戦った黒ローブの男も本来なら強いんやろ？
48名無し神
アーサー並らしい
49名無し神
ぶっちゃけ、アーサーの方が強いよ。ただ、トゥルーじゃ逆立ちしても勝てない
50名無し神
だから、トゥルーが一人で動く選択をした瞬間にＢＡＤＥＮＤなんやろ
51名無し神

取りあえず可愛い女の子が救われて良かった

52名無し神

黒ローブの名前ってデラだっけ？　ユルルちゃんに闇の星元（アート）埋めて暴走させて、更にはユルルちゃんの兄達が暴走したのもコイツのせいなんやろ？　クズやな

53名無し神

ゲームだとまぁまぁなキャラなんだ？

54名無し神

本編にはもうでないよ

55名無し神

あ、そうなん？

56名無し神

外伝、自由都市編に登場することになっているよ

57名無し神

自由都市って何？

58名無し神

冒険者のいる都市のこと、ダンジョンがあってそこに潜って魔石を採ってる

59名無し神
へぇ、そうなんだ。外伝って事はトゥルーとかアーサーとかが主人公じゃないの？
60名無し神
ノベルゲー、『円卓英雄記』。人気だからＤＬＣで外伝があって、別主人公が活躍する感じ
61名無し神
あんまりネタバレしないでくれない？
62名無し神
確かにそれな
63名無し神
俺もあんまり聞きたないわ
64名無し神
とりま話戻そうか
65名無し神
デラとか強キャラとか言われてたけど、そうでもない感じするわ
66名無し神
進めば進むほど、魔眼を無効化するフェイ君のヤバさが際立つ

67名無し神
魔眼持ちからしたら理不尽の塊
68名無し神
ホンマに理不尽なボスが序盤の小者に見えたわ
69名無し神
黒ローブの男が現れた!!
70名無し神
黒ローブの男は何かを呟いている!!
71名無し神
黒ローブの男が魔眼のポーズを構え、瞳が怪しく光る!!
72名無し神
だが、フェイは涼しい顔をしている
73名無し神
黒ローブの男は様子を見ている
74名無し神
黒ローブの男は逃げ出した!!

75名無し神
ＲＰＧでこんな小者ボスいたわ
76名無し神
ヘイミーちゃん救われて良かったな（笑）
77名無し神
平民のヘイミー（笑）
78名無し神
フェイ君「あれ？　韻踏んでね？」
79名無し神
真面目な顔して何考えてるんや？
80名無し神
確かにメタ視点だと、意図在りそうだけど（笑）
81名無し神
アーサーちゃん「フェイは何か深いこと考えてます」
82名無し神
彼女面気になる（笑）

83名無し神
正直、結構ドヤ顔で分かってる感出すの嫌いじゃない
84名無し神
全然分かってないけどな
85名無し神
サジントさんにもフェイ目をつけられてたな
86名無し神
あ、ノワールちゃんが監視の指示出したんやっけ？　幼女だった。一等級聖騎士だったな
87名無し神
一等級聖騎士って事は作中だとどれくらい強いの？
88名無し神
ワイ知ってるで。ブルーノ、別名ノワール。円卓の騎士団の一等級聖騎士で十一人しかいない。一等級聖騎士で、最強クラスの強さを持つ者達、十一人の事を円卓騎士（ナイツ・オブ・ラウンズ）って呼んでる
89名無し神
へぇ、そうなんか。あの幼女はそんなに強いって事か

90名無し神

強いで。ただ、表ではブルーノって名前で身長百八十一㎝の大男に変装して活動している。裏ではノワールって名前で活動してて、彼女の素顔を知るのは殆どいない

91名無し神

なんで素顔隠してるの？

92名無し神

騎士団もきな臭い感じがするらしい。だから、警戒してる。手下色々いるけど、今は他の事調べてて忙しくて、丁度空いていているサジントに怪しいアーサー達を調べさせてた

93名無し神

表では大男に変装していて、裏では幼女か……嫌いじゃない

94名無し神

因みに裏では百五十五㎝の女の子や

95名無し神

俺っ娘やったな。中々希少な属性で可愛かった

96名無し神

フェイ君も遂に最上級の騎士に眼をつけられ始めたか

97名無し神
正直アーサー見張るより、フェイ見張った方がええやろ
98名無し神
アーサーよりフェイの方が数段ヤバい、色んな意味で
99名無し神
確かにな
100名無し
おや？　ノワールちゃんがフェイ君を見張り始めたようだ？

第七話　カマセ達の集い

フェイが初任務から帰った次の日、再び朝の修業を彼とユルルは行っていた。他の騎士たちは休んでいるがフェイは休まず、またユルルも彼が訓練をするのは分かっていたので付き合っているのである。

フェイとユルルはいつものようにきつめの修行を終え、一度休憩に入る。そこでユルルがうーんと首をコテンと傾げた。

「フェイ君は星元（アート）操作があまり得意ではないようですね」

「……把握している」

「はい、かなり勿体ないような気がします」

「……そうか」

「普通、無属性の強化魔術。これは、星元（アート）を身体の外皮に纏う事も重要ですが、それよりも内側への内包も凄く大事です。フェイ君の場合、恐らくですが、内側にとどめておかなくてはならない星元（アート）が全て外に流れてしまっているのかと……」

「なるほど」

「しかし、無属性強化は感覚的な所もありますからね……難しいと言えばそうなのかもしれません」

「無論、一朝一夕で出来るようになるつもりはない」

「……で、ですよね。その、そこで提案なのですが」

ユルルが僅かに言い淀む。震えながら手を伸ばす。迷いながらも彼女は顔を真っ赤にして声を震わせながら提案した。

「わ、私の星元(アート)をフェイ君に直接手から流して、ある程度コントロールするのはどうでしょうか？　もしかしたら、感覚が――」

「よしやろう」

――強くなる為だったら判断が早い男。それがフェイなのである。

即答して、フェイがユルルの手を握った。判断が早いフェイの行動に思わずドキリとしてしまうユルル。

「はぅ！」

「……」

「あ、すいません……な、流しますね」

彼女の綺麗な手から、透明の星元が流れ込む。それをコントロールし、フェイに星元を纏わせる。

「どうですか？」

「……何となく、普段より体が軽い気がするな」

「この感覚を忘れないようにしていればきっと、強化魔術も上達すると思います！」

「……そうか。覚えておこう」

「あ、はい。で、でも、感覚忘れないように、もうちょっとこのままで……」

未だに彼の手を握って星元を流し込む、ユルル。掴みながら彼女は彼に気になっていることを聞いた。

「あー、そ、そう言えば、フェイ君は、今お付き合いしてる異性とかいるんですか？」

「いや、そういうのはあまり興味がない」

「ですよね！」

ちょっぴり笑顔。

「なぜ、そんな事を聞く？」

「そ、それはですね……えっと、戦いにおいては相手の事をよく知るのはとても大事なんです……《どこにヒントがあるか分からない》みたいな……はい、そんな感じです」

適当にそれっぽい理由を付けてユルルは話した。

フェイは一瞬だけ、怪訝な顔をするが師匠がそう言うのであればと納得の表情。いつもの無表情に戻る。

「あ、えっと、好きな女性のタイプってありますか……？　例えば、年上、とか」

「特にはない」

「へ、へぇー。そうなんですね……好きな食べ物とかは……」

「ハムだな」

「あ、可愛い」

そこから、何度かユルルの質問が繰り返された。

次の日、彼女が持ってきたサンドイッチはハムサンドというのはまた、別の話だ。

◆

とある日、フェイにある任務が命じられた。ニママの町。最近、その町の外では人が襲われ、行方不明になるというのだ。死傷者、未だに三名という少ない数だが、早急な対応が求められている。

ニママの町では在留する聖騎士がいるが、原因を解明するには至っておらず、町の巡回などの仕事もある為、町の外まで活動範囲を広げると町が手薄になってしまう。

そこで、フェイとある二人の聖騎士団員、そして、とあるベテランの聖騎士に任務が回ってきた。

その四名がニママの町に向かうという同じようなイベントがノベルゲー『円卓英雄記』にも存在していた。

フェイというキャラクターが最初に人を見殺しにし、逃げ腰先輩だとネットで馬鹿にされるイベント。フェイというキャラは元々は噛ませキャラだったために、このようなイベントが用意されているのだ。

そして、このフェイに同行する二人の聖騎士はフェイと並び立つ噛ませ同期と言われている。

ついでに同行するベテラン聖騎士もなかなかのクズカマセである。

そんなフェイというキャラに用意されていた最悪イベントが始まってしまう。そんな事など知らず、孤児院にてクール顔で朝食を食べるフェイ。

彼の席の前にはレレとマリアが座っていた。レレがフェイに大きな声で話しかける。

「ふぇい、もうすぐまりあたんじょうびだって！」

「そうなのか」

「ふぇいはなにあげるの？」

「……決めていないな」

「フェイ。気にしなくていいわ。私は何もいらない」

「だめ！　フェイあげてね!!　ぼくは、がんばってえをかく！」

「……やるからには最高のモノにする事だな」

そう言いながらフェイは朝食を済ませて、孤児院を出る。孤児院には同じく特別部隊として、仮入団を一緒に過ごしたトゥルーがいるのだが、彼には話しかけない、また、トゥルーもフェイに対しては苦手意識を持っているため、彼から話しかけることもなく、お互い不干渉になっている。

それがいつもの事なのだ。更には今日は任務も違うので益々話さない。二人は何も言わずにそれぞれ、孤児院を出るのであった。

フェイとトゥルー、互いにこの後に試練があることも知らずに。

フェイは任務に向かうために集合場所である、ブリタニア王国の門前で他メンバーを待つ。フェイは同行者についてはあまり詳しく聞かされてはいないが、名前だけは聞いているので待っていると、二人組がやってくる。

「あれ？　もしかしなくても、君がフェイ君やろ？」

「僕様より前に門で待っているとは感心だな」

「あ、ワイの名前はエセや、よろしゅう」

「僕様はカマセだ」

えせ関西弁を話す、青髪糸目男のエセ。彼は特にイケメンではないが、ニコニコ薄ら笑いを浮かべているのが特徴とも言える。そして、彼と一緒に来た僕様という特徴的な一人称を使う、茶髪に黒い眼の男、カマセ。

「あ、既に来ていたでヤンスね」

そして、二人の後にやってきたのは……年は二十代後半と言った風貌の聖騎士。黒目、坊主。明らかに覇気のない男性騎士であった。

「えと、エセにカマセ、それにフェイでヤンスね？　オレッチの名前はヘッピリ、ベテランの十一等級聖騎士でヤンス」

「よろしゅうな、おっちゃん」

「僕様の足手まといにならないでくれよおっさん」

「へっ、あんまり生き急ぐなでヤンスよ、新入り」

彼らこそが鬱ノベルゲーム『円卓英雄記』でフェイと一緒にいきなり死亡フラグがビンビンに立ち、そのままフェイ以外が死亡するというネット界でネタにされてきた聖騎士たちである。

　彼らは集合すると、早速町に向かう。エセ、カマセ、ヘッピリの三人が偉そうに歩き、フェイは少し離れた後方で慣れ合う事もなく歩く。

　今のフェイは特別部隊として、アーサー、ボウラン、トゥルー、そしてユルル達と過ごしてきた。

　だが、元々のフェイは特別部隊ではなく、エセとカマセの二人と一緒に部隊を組んでいるはずであった。しかし、フェイは特別部隊に入ってしまったので、エセとカマセはずっと二人で訓練に励んでいた。

　そして、ゲームイベントなら仮入団から正式な騎士になったカマセ、エセ、フェイの三人が初の外来任務、ニママの町にて異変の調査をする事になる。そこで最悪なイベントが待っているのがノベルゲー『円卓英雄記』での流れであった。

　だったのだが、フェイは大分本来とは程遠い運命を歩んでいた。本来なら一緒に仮入団を過ごすエセやカマセとも接点は一切ない。しかし、流石に新生騎士二人、教師役一人では任務に対して少ないという事で、フェイも急遽そのニママの町の任務に追加された。

　ある種のゲーム運命の修正力とでも言うべきものなのかもしれない。本来の道筋とは遠い歩みをしていたが、ノベルゲーのシナリオはフェイに迫ってきていた。

――町に着いた四人は早速、最近起きている町の異変について聞き込みを開始……することなく。それぞれ勝手に動き出した。

「ワイ、ちょっとスロット回してくるわ。あー、あれやで聞き込みやで」

「僕様はちょっとあそこの美女に聞いてくる」

「オレッチは酒場で聞き込みをしてくるでヤンス」

エセはカジノのような場所を見つけてそこに小走りで向かい、カマセは美女をナンパ、ヘッピリは酒を飲みに行ってしまう。フェイ以外の三人は任務をほっぽりだし勝手に動き回った。一方、フェイは一応、町の外を見回ったが特に怪しい所は無し。口下手であるが僅かに住人に話を聞いたりもした。

そして、気付けば辺りが……夜に向かっていた。

夕暮れ、オレンジ色の空から真っ暗に変わりつつある時間帯、フェイ達が町の入り口に集まっていた。遊び惚けたエセが欠伸をしながらヘッピリに話しかける。

「なー、おっちゃん。そろそろ帰らへん？　ワイもう、疲れたわ」

「ふっ、僕様も聞き込みをしたのだが中々尻尾は掴めん」

「そうでヤンスね。取りあえず、今日は成果なしってことで帰るでヤンスよ」

「……」

結局何もしていない。フェイはもう、何も言わなかった。というか、この任務に来てから一言も話していない。

「なぁ、フェイ、君って全然話さないんやな」

「そうだぞ。僕様が折角……」

いつまでも無言なので、二人がフェイに言葉をかけた。

「……」

だが、彼はいつまでも無言であった。まるで何かを待っているかのように……そんな彼の態度に変わっているなと彼等は思いつつ、王都の帰路につくために歩き出す。その道中もエセ達はげらげら笑いながら気を抜いていた。

だが、それを壊すように、唐突に大きな叫び声が聞こえてきた。男女の悲痛な声がフェイ達の耳に届いた。

「た、助けてくれ！」

「あぁぁ!!」

――それは悲鳴以外のなにものでもなかった。

フェイ達の方に走ってくる男性と女性。あまりに不細工な走り方。周りの眼などどうでも良い程にその二人は焦っていた。足取りがあまり芳しくない。

「お、お前ら聖騎士だろ⁉　あれを何とかしてくれ！」

「なんや？　自分らどうしたん？」

「ば、化け物よ。最近、ちょっと不気味だから肝試ししてたら」

「ふーん、それで？　化け物ってのはどんな――ッ」

エセの言葉が止まる。先ほどまではほんわかしていた空気が一瞬で死んだ。

気付いたら、そこにいた。皮膚の色は灰色の粘土のような色。人の模型のような形なのに、服を着ていない。人ではないはずなのに筋肉質の男性型にも見える。

髪も生えているがそれも灰のような、色味を失った色素。粘土細工のような人型の化け物を目の前にして、エセは震えた。

「逢魔生体（アビス）……やないんか。あれ……」

エセが絞り出すように声を発した。呼吸は荒々しく、こちらをジッと見つめて既に臨戦態勢に入っていた。

逢魔生体（アビス）。この世界で人に最も害を与える存在。嘗て世界を闇で覆おうとした、最悪の生物。災厄の逢魔（オウマガトキ）から派生して産まれたと言われている。

逢魔生体（アビス）は人を襲う、危険な存在であるという事は誰もが知っている。故にそれに対峙した瞬間、彼等は初めて恐怖を覚える。

聖騎士が最も死を迎える可能性が高いのは逢魔生体(アビス)に出会った時である。そんな話は聞いていたが、エセ達は実際に対峙しても余裕で勝てると高を括っていた。あれほどの訓練をしたから楽勝だと思っていたのだ。

しかし、実際に恐怖を目の前にして考えが変わる。

ゾクリ。背筋が凍る、生きた心地がしない。エセ、カマセ、そしてヘッピリ。この三人にこの圧は強すぎた。

「あ、ああぁぁ、これ、ヤバい奴やろ」

「うわぁあぁぁ!!」

「ちょ、ヘッピリ!?　ジジイクソ！　先に逃げんな」

「ちょっと、俺達を置いていくなよ！　聖騎士だろ」

一般人として助けを求めてきた男女二人は勿論、聖騎士であるエセ達、誰もがそこから逃げ出そうとした。

これはゲームと同じ展開である。誰もが逃げ、ここにいるフェイ、エセ、カマセ、ヘッピリ、肝試しをしていた男女二名は一目散に逃げだす。

我先にと走り逃げだす六人中、助かったのはフェイだけである。

逃げ遅れた一般人。星元(アート)も碌に使えず、訓練を受けていない者達は容易に死んでしまう。

頭が無くなり、足が無くなり、血のシミが地面にべっとりと付く事になる。川のように流れた血が乾いて、ただのシミになった後に、町にいた聖騎士たちの応援が到着し、それは討伐されることになるのがゲームでの流れだ。フェイだけが泣きながら逃げることに成功する。これがネットで彼が噛ませキャラとしていじられる要因の一つなのだ。

そして、ゲームと同じようにこの世界でもエセ、カマセ、一般人の男女二人、そして、既に逃げているベテラン聖騎士のヘッピリ。彼等には逃げることしか頭に無かった。

だが、例外はいた。逃げることなど最初から選択肢にない狂人は……、

――この時を待っていた。

とでも言いたげに僅かに薄ら笑いを浮かべていた。誰もが背を向ける中、フェイだけは彼等と反対の方向を向いていた。

「おい、お前逃げなあかんやろ！」

「そうだ！　僕様たちと一緒に」

「――逃げたければ逃げていろ」

逢魔生体（アビス）から、一目散に逃げだし、背を向けて振り返らず、声だけで、エセとカマセは逃げろとフェイに言い放った。

――慌てる彼等と反対にフェイの返答は心なしか、楽しそうな感じがした。

エセとカマセは、今日初めてフェイの声を聞いた。地面に張り付いた銅像のようにその男の足は動かなかった。

ヘッピリとカップルは既にここから走り去っていく。

反対にフェイは剣を抜き、眼の前の存在を捕える。僅かに、逃げながらもエセはその背中を捕えた。その時、彼の時間は止まった気がした。

あれは……と彼の幼い憧憬が蘇った。

エセは昔から英雄に憧れていた。誰もが憧れるように英雄譚に登場する存在に思いを馳せた。原初の英雄アーサーもエセの憧れの一つであった。

ずっと自分は凄い存在に成れると思い込んで、でもそんなことはただの空想であった。だから、彼は面白おかしく道化のように生きていくことになった。

適当にお金を稼いで、女を抱いて、酒に溺れ、訓練はバレない程度にさぼって、気楽に、気楽に、気楽にと。

――でも、心の底ではと童心に戻ってしまった。

自然と、逃げていたはずのエセの足は止まった。

剣を抜いたフェイが怪物と対峙する。エセ達が走っていた真逆の方向に彼は走り出した。フェイの動きに勘付いた逢魔生体（アビス）が左腕を上げる。

それを攻撃の兆候だと判断したフェイは一瞬で右に跳躍。大きく振りかぶった逢魔生体（アビス）の腕が地面に刺さる。

ドンっと、地面に刺さった腕によってクレーターが出来た。

拳という物では想像もできないような重い音。あれを生身で受けたなら、フェイならば死んでしまうかもしれない。確実に死に近づくだろうとエセは判断した。同時にあんな化け物と向かい合ったならと恐怖に怯えた。

だが、そんな死の恐れなどフェイにはなく、一瞬で再び走り出して距離を詰める。

逢魔生体（アビス）が再び、左腕を振り上げフェイに振り下ろす。

それに呼応するようにフェイも剣を振った。攻撃タイミングは両者同じ、全力と言ってもいい程のフェイの剣による一撃。それが逢魔生体（アビス）の振り上げられた腕と激突する。両者共にダメージはないが、激突による衝撃でフェイは宙を舞った。

「ガァぁあ！」

ダメージはないが空中にいるフェイは身動きがとりづらい。空中から重力によって落ちてくる彼に向かって逢魔生体（アビス）は拳をぶつける。だが、くるりと空中で腰を捻って紙一重でそれを彼は躱す。

「うぉ、まじか、よ……」

凄まじいスーパープレイを見たかのようにエセは思わず口から驚愕の声を漏らす。

普通ならあの体勢から避けるなんてことはできない。しかし、フェイの強靭な体幹がそれを可能にしていた。更に攻撃を躱す。更に左腕、そして右腕と拳の雨がフェイに注ぐ。

流石に躱しきれない拳、捌ききれない拳が僅かにあり、それを彼は左腕、右腕でガードするように受け止めた。

それにより一瞬で数メートル吹っ飛ぶ。ボールのように地面に跳ね、エセの近くでようやく止まった。

殴られた時に鈍い音がしていた事にエセは気付いていた。フェイの右腕は恐らく折れている。そして、吹っ飛んだことで額に傷が出来、血が出ている。流石にこのままだと死んでしまうと思ったエセはフェイに悟すように話す。

「逃げなきゃいけんと、ちゃうんか」

「……まだだ」

「……あんなの勝てるわけないやろ」

「……勝つ。俺が負けるはずがない」

「自惚れすぎや、だってワイらはまだ、仮入団終えたばかりやで……もっと経験を積んで、それにそんな右腕折れて、怪我だってしてして、頭も打って脳震盪起こしても可笑しくない……そんな状態じゃ不可能や。勝てへん」

「不可能か……」

「……そうや、だから――」

「クククク」

「なにが、おかしいんや……？」

「俄然、やる気が出てきた。不可能か。それを成した時、俺という存在は更に無限の空へと続く階段に一歩足をかけたことになる。俺は高みに登るとしよう」

制止の言葉など知った事じゃないと彼は再び剣を握る。それだけではなく、エセの言葉に益々やる気を出しているように見えた。

（こいつ、なんで笑ってるんや……可笑しいやろ。お前は今、死にかけてるんやで……どうして、この状況で笑いながら剣を持てるんやッ⁉）

「クク、こんなにも、俺は昂っている」

それは強者の笑みだった。大気が重くなるほどにその者の圧が強くなる。逢魔生体もフエイの笑みと迫力に一歩下がる。

「が、ががぁ？」

勝っている方が下がった。それほどまでに理解できない、番外の存在、類まれなる狂人の何かを理性無き化け物は感じた。

——恐怖が眼の前にあったのだ。

そして、それを感じ取った逢魔生体(アビス)はフェイを敵と見定めて、咆哮を上げる。

「◆◆◆■◆■■◆◆ッ!!」

フェイの圧。それを自身の闘気で打ち消すように。だが、それでも目の前の存在を下がらせるに至らなかった。

一歩下がった者と、下がらなかった者。満身創痍は後者であるのに明らかに佇まいが違った。

その姿に魅せられた。

逢魔生体(アビス)の咆哮、それによって魔物であるハウンドが呼び寄せられる。数は十数匹、フェイの周りを取り囲む。

だが、絶望は増してもフェイは嗤っていた。

「ふっ、俺と踊るか。試練ども」

彼の雄姿を見た。英雄と言われる存在の一端を、見た気がして……気付けばエセが剣を抜いた。

「あっちはワイに任せておき、時間くらい稼いでやるわ、早くあっち殺せ」

「……そうか。だが、逃げても構わんぞ。全て俺が切る」

「あほ抜かせ。美味しい所、全部持ってかれてたまるかいな」

「勝手にしろ。だが、あれは俺が貰う」

フェイが逢魔生体(アビス)を見据えた。

「当たり前や！　あんなのワイには無理も無理！　だから、ハウンドの方を時間稼ぐって言ってるんや」

エセが馬鹿を言うなと言わんばかりに突っ込む。だが、その後に眼を少し見開いて笑った。笑わざるを得なかった。

「まぁ、時間稼ぎついでに倒してしまうかもしれへんな」

「それだけ口を叩ければ十分だ」

「僕様もいるぞ！　ここらでお遊びは終わりってのを見せてやる!!」

そして、気付けばカマセも剣を抜いていた。エセと同じように、彼も魅せられたというべきだろうか。フェイに感化され、剣を抜いたのだ。

「あれ倒して、帰るんや。実はワイ、犬飼っててな。餌あげないといけないんや。はよ済ませてな」

「クソ、僕様は本当は安全に出世したかったのに！　だが、しょうがない！　終わったら全員で一杯やろうぜ！」

「どうでもいいが、俺は丁度いいあの試練を突破して帰還することにしよう」

二人が、ハウンドに向かっていく。フェイはただ、逢魔生体（アビス）を見る。彼には既に勝利のビジョンが見えていた。逢魔生体（アビス）は体の何処かに核があり、それを破壊すれば倒すことが出来るらしいのだ。

人型は心臓部に核が有ると言われ、そこを刺せばフェイの勝ち。

だが、刺す暇があれば苦労はしない。殴られて終わりだ。

「……」

彼が選んだ選択は接近。ただ、真っすぐ走った。折れている右手に持っていた剣を左手に持ち替える。

そして、逢魔生体（アビス）が接近するフェイにタイミングを合わせて拳を再び振りかぶる、先ほどのように大振りをフェイに当てようというのだ。

――全体重と勢いを付けて今までの比ではない左腕を彼に向ける。

それはフェイは剣ではなく……敢えて再び折れている右腕で受けた。

本来であれば、あれほどの一撃を真っ向から受ければ腕が折れるだけではすまず、吹っ飛んで死んでもおかしくはない。だが、フェイは右半身には星元（アート）を纏っていた。強化された、右半身によって死は免れる。しかし、衝撃までは相殺することは出来ずに先ほどのように吹っ飛ばされる。

再び地面を転がるように進む。

先ほどと同じように吹っ飛ばされ……フェイの負け、ではない。

逢魔生体の心臓にフェイの剣が刺さっていた。拳をガードするとき、そして吹っ飛ばされる直前にフェイが刺したのだ。

ノーガード戦法、それが彼の出した、この戦いに置いての最良とも言えるような答えだったのだ。

そして、それによって逢魔生体の核に対する一撃必殺の攻撃となり絶命させた。灰のように逢魔生体は消えていく。

「あ？　嘘やろ、もう、終わったんか！」

「僕様たちも終わらせる！」

二人がハウンドを切り始める。同時に逢魔生体を片付けたフェイもそれに加勢をする。

フェイは腕が折れながらも無表情で戦い続け……。

そして、三人は何とか、生き残った。戦いが終わった後、町に戻ろうとする道中でエセがフェイに聞いた。

「聞きたいことといくつか、あるんやけど」

「なんだ？」

「一つ、あの逢魔生体が現れた時、そんなに驚いてなかったみたいやけど」

「ふん、常に何らかのイレギュラーが起こるのは当然だ」

「……じゃあ、あれ、どうやって倒したん？　よう分からないんやけど」

「奴は左利きだ」

「え？」

「攻撃の時に必ず左腕から攻撃してくる。だから右半身に全部星元を集中して、一発受けた。そして、俺も吹き飛ばされる前に、一発返した。それだけだ」

「み、右利きやった可能性もあるやろ？」

「俺の勘は外れない」

「……キモいわ。お前……外れてたらどないすんねん。ダントツで今期の新入り騎士の中でヤバいわほんまに……」

フェイの言っているのはつまりはギャンブル。一歩間違えたら死んでいたのかもしれないのだ。それに頼って、笑いながら戦っていたフェイを狂人と判断したエセは間違っていない。

元々フェイは星元（アート）操作が上手くない。器用なことが出来ないのだ。だから、あらかじめ右に星元（アート）を溜めるというシンプルな方法をとった。高速で強化する場所を選べないフェイは事前に予測してそこに星元（アート）を『置いておく』しかない。

事前に置いておいた星元（アート）とは真逆の方に攻撃が来たら、更には真っ向から逢魔生体（アビス）の攻撃を受けようというのだから……ギャンブル。生と死を賭けた狂気であった。

（ほんまヤバいわ）

（僕様から言わせれば、コイツは狂人だな）

エセとカマセ、両者同じように、眼の前を歩くフェイをとんでもなくヤバい同期だと感じた。コイツは紛れもなく狂っている存在。

だが、そんな彼に救われたような気も彼等はしていた。

そう、ゲームシナリオでは死んでしまう二人であった。しかし、噛ませキャラとしてバカにされた三人は、何とか生き残ったのであった。エセとカマセは、フェイは狂っていると恐怖を感じたが同時に自然と好意を持っていた。

（もしかしたら、フェイと仲良くできるかもなぁ））

狂っており、怖い存在だがもしかしたら。

しかし……、

「ふぇ、フェイ君！　その腕どうしたんですか！　もう、無理してバカバカ！」

全てが終わり王都に帰った後、ユルルが心配してフェイに絡み、胸が押し付けられる光景を見て、二人はこいつクソだなと感じることになる。

（（仲良くするの無理だな））

んー、新たな任務か。メンバーがかなり変な感じするけど。糸目の男と偉そうな男と、不真面目そうなベテラン騎士ねぇ。ははーん？　さてはこいつらモブやな。主人公である俺からすれば大してかかわりのないキャラだろう。

しかし、なんだろうか？

この、何とも言えないフィット感というか……元々俺の居場所はここではないかと思うような……。

いや、主人公である俺がこんなエセ関西弁とただ偉そうな奴と、でヤンスとか言う奴らと一緒の訳が無い。

勘違いだな。

さーて、無言でクールに歩いていると町に着いた。町についてもモブであるこいつら、全然仕事しないな。まぁ俺は俺でしっかりやるからいいけどさ。

——俺、意識高い系主人公だし。

はぁ、夕暮れになったのに何もないじゃん。主人公である俺には大分イベントとかは用意されているはずだが……イベント今回ないとかつまらないよ。

と思っていたら、お？　何か出てきたな。


逢魔生体（アビス）？　初遭遇じゃん!!　ずっと戦ってみたいと思っていたのだ。どう考えても災厄の逢魔（オウマガトキ）とか言うのがラスボスっぽいしね。その派生生命体は戦ってみたいと思うのが主人公の感情というものだ。

おー、やっぱりビジュアル凝ってるね。他の皆は逃げていいよ。主人公である俺のイベントだしさ。きっとこれを倒すのが今回のイベントだよな。これで経験値を積めって事だろう。

よっしゃ、俺が倒すぜ。

戦いながら思ったのだが、この人型逢魔生体（アビス）まぁまぁ強いな……。でも、主人公である俺が負けるはずない!!　きっと倒せるはずなのだ!!

はッ!!　その時、主人公である俺に電流が走る。どうやって倒そうかと考えていたら、

ふとあることがフラッシュバックしたのだ。

『それはですね……えっと、戦いにおいては相手の事をよく知るというのはとても大事な事なんです……《どこにヒントがあるか分からない》みたいな……はい、そんな感じです』

ユルル先生!! 実はあれ、もしかして俺のことが異性として気になってるのかなって思ったけど、ここの戦いの伏線かぁ！ いや、流石師匠ポジ！

よくあるよね、主人公が戦いの最中で師匠の言葉を思い出して覚醒したり、戦闘に活かしたりすること。

きっとあの時にここの伏線を張っていてくれたんだな。

そう言えば戦いながら思ったが……こいつ左利きっぽくね？ さっきから左からの攻撃しかないし、うわ、ユルル師匠!! 恋愛系の相談かなって、一瞬思ったんだけど杞憂だったな。

さて、じゃあ、倒しますか。ハウンドが数体出てきているけど、寧ろありがたい。こういう理不尽は主人公の活躍をより引き出すスパイスみたいなものだからだ。

俺が前世で読んでいた漫画や小説に描かれ、憧れていた主人公もよく理不尽な目に遭っていた。

と思っていたら助っ人がやってくる。逃げていたエセ関西弁と僕様とか言う奴らだ。

あれ？　逃げてなかったんだ？　共闘するとか言っているけど、もしかして、俺の姿に心動かされたのか？

ふむふむ、なるほどね。もしかして、友情・努力・勝利……系、主人公か……？　俺は？

新たなる主人公疑惑が湧いてくるが、それを考える前に倒す！　これで倒したら師匠も鼻が高いよな！

星元操作（アート）上手く出来ないけど、右に溜めるくらいはできる。心臓の核に剣を刺して、俺の勝ちだ!!

流石、師匠のアドバイス。やっぱりユルル先生は良い師匠だよな!!

一歩間違えたら死んでたかもしれないけど、まぁ、俺の勘が外れるわけないだろ。だって主人公だからな!!

ん？　急に何？

「一つ、あの逢魔生体（アビス）が現れた時、そんなに驚いてなかったみたいやけど」

何言うとりまんねん。こっちは主人公やぞ？

常にイレギュラーが起こるのは分かってんの。だいたい、主人公は初心者の任務ですとか言われても『これはS級任務になったな』みたいなのはあるあるでしょ？

俺、意識高い系主人公なので、常に心構えしっかりしてんですよ。

「み、右利きやった可能性もあるやろ?」

いや、主人公だから。それはない。俺の勘は絶対外れない。奴は左利き。

俺の主人公補正(かん)がそう言ってた。それが全てだ。

◆

フェイという存在に対して、得体の知れないものを感じたノワール。サジントに調査させようと思ったが、彼は今アーサーを調べている。だから、丁度手の空いた彼女は自らコッソリとフェイという異端児を監視していた。

特別部隊、訓練馬鹿、異常者、師匠の為に命を賭ける狂人。フェイが一体全体どのような存在なのかを彼女なりに見極めようと思ったのだ。

フェイが逢魔生体(アビス)と戦う光景を遠くで見ていたノワール。小さい少女。

(おいおい、嘘だろ……狂気が伝染しやがった……)

彼女は何かあれば即座に助けるつもりであった。ゲームではフェイの事を怪しんでいない彼女は本来ならここにいない。だが、フェイをマークしていた彼女はそこにいた。

つまり、フェイ達はどちらにしろ生き伸びていたという事になる。

(さっきまで逃げることしか考えていなかった奴らに、息を吹き込みやがった。何もせず、ただ背中を見せただけで……同じく命を懸けさせた、だと？　どんな冗談だ。馬鹿げている。いや、自由都市に味方を鼓舞できる男がいると聞いたことはあるが……そんなの普通出来る訳が無いだろッ）

（ただの新入り聖騎士だろうがッ）

（あいつ……自身の命をなんだと思ってる？　なぜ、あんなに簡単に命を懸けられる⁉　死ぬことが怖くねぇのか⁉）

（ガレスティーアの娘がアイツに入れ込んでるのはそういうわけか？　あの感じ、死を恐れず、ただ覇道を行くあの感じ……ガウェイン……と同じ、強くなるということ以外全てを放棄した愚者……）

彼女は一度、ガウェインに殺されかけたことがあった。だからだろうか。フェイに僅かにその雰囲気を感じた。

（だが、アイツはガウェインより質が悪いかもしれねぇ、あの、他者に意思を伝染させる蔓延力……危険分子と決めつけるのは早計か……？　俺だって暇じゃねぇ、他にもやることはある……今動かせるのはサジントだけ……アーサーが終わったら休みなしでフェイの監視させるか……）

（あと、フェイの過去とかも洗い直さねぇと、動かせるのは……サジントだな。よし、全

部任せよ）

彼女はそう言って闇に姿を染めた。しかし、いくら過去を調べたところでフェイの本質は掴めない。自分の事を主人公だと勘違いして、全てを狂気で行動していると分かる訳が無いのである。

そして、一方その頃、トゥルーは……もう、聖騎士を辞めようとしていた。

第八話　トゥルー聖騎士辞めるってよ

ユルルが不安そうにフェイの様態を聞いた。彼が先日の任務に出現をした逢魔生体（アビス）との戦闘で骨折、更にそこからダメージを負った腕が心配なのだ。

「それで、どうでしょうか？　フェイ君の腕は」

「うーん、これはこれは……あらあら、骨が折れてるだけじゃないね。砕けてる……どうしちゃったの？」

「逢魔生体（アビス）の攻撃を二回受けた」

とある女性からの問いにフェイは無表情で答える。明らかに折れているという次元を超えて、痛々しい腕になっているそれを見て、ユルルは心配そうにフェイの裾を掴み、彼の眼の前にいる女性は興味深そうに質問を続ける。

「ふーん。痛いんじゃない？　というか絶対痛いでしょ、うわぁ、すっごぉ！」

紺色の髪に赤い眼で眼鏡をかけた女性が白衣を着て椅子に座りながら、赤黒く腫れたフェイの腕を見て興奮している。女性は折れた腕を触ったり、調べたりしているが、興奮する彼女とは反対にフェイは怪我を当たり前だと思っているようだった。

現在、彼らがいる部屋はまるで学校の保健室のようであった。白衣の女性に資料が散乱した机。ベッドも完備されており、人体模型のような物もある。

ここは円卓の騎士団本部。別名円卓の城の一角にある医療室であり、ユルルがそこにフェイを連れてきたのだ。

「エクター先生！」

いつまでたってもフェイの傷を治さない事にユルルが憤慨する。

「悪い悪い。でも、僕も正直本当に驚いてるんだぜ？　だって彼、全然痛がってないんだもん」

「でも、早く治してください！」

「わかった、恋人の事だからって焦るなって」

「こ、恋人⁉」

エクターと呼ばれた彼女はクスクスと笑いながら、腕に治癒の魔術を行使する。彼女が使うのは四属性から外れた固有属性（オリジン）。治癒活性化現象を引き起こす魔術を使うことが出来る。

みるみるうちにフェイの腕は回復をした。元から怪我など無かったかのように。

「ほいほい、出来たよ！　それにしても、君、全然痛くなさそうだったね！　僕もビックりだぜ!?」

「……この程度、一々口に出すほどでもない。だが、手間をかけたな」

「いや、面白いな、君。かなり激痛のはずなのに……痛覚ないの?」

「ある」

「あっそ。その割には平気そうだったけど……まぁ、いいや。それより……君、良い体してるね? ちょっと服まくってよ」

「……なぜ?」

「そ、そうです! そんなハレンチな……」

「おいおい、僕が治してあげた恩を忘れたのかい? 確かに僕はここで医療をする事を定められた聖騎士だ。でもでも、多少のギブアンドテイクだって必要だと思わないかい?」

「……まぁ、良いだろう」

やれやれ仕方ない、確かに恩はあるからなとフェイは服を上げた。

そこにあるのは白く、そしてシックスパックに割れた見事な腹筋。その腹筋は毎日の逆立ち王都周回による成果でもある。

誰よりも主人公らしいシックスパックを目指した彼の発展途上の筋肉。発展途上ではあるが、それは常人の腹筋ではなかった。

「うへー、すげぇ。色んな団員の体を見てきたけど。流石の僕もこんなのは久しぶりに見たぜ」

「あわわわ……」

エクターはフェイの体に驚き、ユルルは手で顔を隠して見ていないという感じを出す。しかし、彼女の指の隙間が少し空いてるのでガッツリ見えてはいるが……。

「ちょっと、触るね。うお、なんだこりゃ、かってぇ笑。なにこれ笑、ウケるんだけど笑」

「……」

エクターがフェイの体に触れるとそのあまりの硬さに彼女は笑ってしまう。こんなバカげたほどに鍛えてきた奴は早々いないと彼女は思った。

「へぇ、ユルルちゃんは触らなくて良いの？　恋人でしょ？」

「ち、違います！　師匠です！　あ、あとそれ以上触るのは止めてください！　フェイ君にはまだ刺激が強いですから！」

「いや、刺激が強いのは君じゃない？」

ユルル二十三歳。未だに生娘。生まれてから剣しか握ってこなかった彼女には少々、刺激が強いようだ。

「ふむふむ、いや、それにしても硬い。何をどうやったらこうなるの？」

「ただ単に訓練しただけだ。それともう終わりだ」

「あとちょっと！　うぇ、これはこれは……ユルル師匠ちゃんは触らないの？」

「え？」

「だって、弟子の体を管理のするのも師匠の役割でしょ？　色々とチェックしてあげなきゃ」

「あ、いや……私は、そんなハレンチな」

「こんなのどこの師弟もやってるよ」

「え？　そ、そうなんですか？」

「寧ろやらなきゃ師弟じゃないね」

「そ、それなら……し、失礼しますね。フェイ君」

適当な理由でエクターに言いくるめられて……彼女は興味が実はあったと言わんばかりで、人指し指の先でフェイの腹筋を触る。

「あ、これ、凄く硬い……こんなに、なっちゃうんだ……」

指先から徐々に手全体で体を感じるように動かしていくと、彼女の息も少しずつ上がっていた。そして、触り始めてから一分経過。

「いや、ユルルちゃん触り過ぎ」

「え!?　あ、こ、これは」

思わず、我を忘れて触り過ぎてしまったユルルは弁明をしようと、フェイに向かってこれは何かの間違いだと首を振る。

「はいはい、もう良いからね。弟子に欲情する淫乱師匠だったみたいだから」

「ち、違う！　私は違う！」

「……」

フェイはぼうっとした顔でこんな事を考えていた。

（……これは、後々の伏線か？）

◆

フェイが逢魔生体（アビス）と戦う任務に派遣されていた時、トゥルーも同じく任務に派遣されていた。とある村で行方不明者が続出しており、その原因を究明する任務だ。

アーサー、フェイ、ボウラン、という、いつものメンバーがいるわけではない。

しかし、同期で僅かにしか面識のない二人の女の子が一緒であった。一度だけ、話したことがある二人。そこにベテランの聖騎士一人。四人でトゥルーたちは任務に向かう。

その二人の女の子は特に話したことはないが、トゥルーはイケメンなので好意を持たれていた。彼が知る由もないがトゥルーは凄く人気者なのである。

そして、彼らはとある村の近くの森に肉食の魔物が住んでいるのではないかという事で、森の調査をすることになった。

時間は丁度お昼頃。だが、その森は日を通さない程に葉の屋根が深く、そして昏かった。

四人全員が揃っての調査現場に向かっていたが、彼等は油断していた。

人的被害の原因が逢魔生体（アビス）であるとは思っていなかったからだ。魔物が人を襲うのはよくある。だが、魔物は聖騎士であれば容易に討伐が出来る。

人が消えてしまうのは時間帯としてはお昼頃であり、日が出ている時は逢魔生体（アビス）は活動しない事が殆どだ。だから、魔物の仕業だと勝手に思い込んで大した事ない任務だと思ってしまっていた。

トゥルーだけは他の三人の油断具合を不安に感じていたが、両隣から女の子に気軽に話しかけられたり、先輩騎士も大丈夫だと高を括っていたりで気を抜いてしまった。

——そこで、事件が起きる。急に女の子の一人が何かに足を取られて、大声を発する。

「きゃあああ！」

叫び声がトゥルーの隣からどんどん遠くなっていく。先ほどまで隣にいた少女が宙を舞う。彼女の足元には白いような、灰色のような根っこが付いていた。

一瞬の出来事だった。

大地から大きな花のような逢魔生体（アビス）が現れ、花弁が大きな口を開ける。そして、何かを咀嚼（そしゃく）するような鈍い音。

先ほどまで隣にいた女の子の頭が、喰われた。

叫び声はもう無い。だらんと頭がない身体が生気を失う。

トゥルーは吐き気を抑えながら剣を抜いた。そして、一瞬で炎を纏わせた剣を振る。灰の根、蔓を無我夢中で切り裂く。

もう一人の少女は驚きで腰を抜かす。ベテランの聖騎士も急いで剣を抜くが、次の瞬間、二人とも宙に舞っていた。

——え？

トゥルーが驚きの声を上げる。その二人も喰われて血に染まった。食人花の逢魔生体（アビス）が地中にいたのだ。

それは地下に根付いており一体だけではなく、複数体いたのだがそれを冷静に考えられなかった。

逢魔生体（アビス）は日の光が苦手であるから昼頃には活動しない。だが日差しがない深い森では活動できると、彼等は考えることは出来なかったのだ。

結局、三人は死んでしまったがトゥルーの実力で全ての逢魔生体（アビス）を消すことが出来た。

だが、彼の心には大きな歪みが出来てしまった。

これはノベルゲーム『円卓英雄記』でもあった展開でトゥルーという少年の大きな試練でもある。

血の光景、それを見て、彼の心が逃げる方に向かっていく。自分が救えなかった命に苦悩して、これ以上戦いたくないと思ってしまうのだ。

――これから、ずっとこんな光景を目にするのなら聖騎士なんてやっていたくない。

『村が滅びて、母や妹が死んでしまい、そんな目に遭う人を無くしたいと考えていたのに……だが、これでは……』

彼には二つの選択が迫られる。

『もうやめよう、このまま聖騎士をやってもしょうがない』

『やめるけど、最後にいつもの訓練場所を見に行こう』

前者を選んだなら、彼はもう聖騎士の道を諦め、それ以上の事は何も起こらずに彼の物語は終える。だが、前者を選んでしまった方が彼にとっては幸福なのかもしれない。

◆

トゥルーはいつもの場所に来ていた。特別部隊として、フェイやアーサー、ボウラン達と訓練をした三本の木が生えている空き地から景色を眺める。

もう、これ以上あのような光景は見たくはないが、それでも自身が辿ってきた道を最後にもう一度だけ見たかったのだ。

風が吹いている。

夕暮れ。赤い夕陽、冬に近づいている冷たい風、彼の心にその冷たい風が吹き抜ける。

もう、聖騎士をやめて逃げたい、という感情しかなかった。あんな光景もう見たくない。

――ただ幸せな世界を見ていたい。

逃げて縋るように向った場所で彼はずっと景色を見ていた。しかし、途中でとあることに気付いて虚ろであった彼の眼が僅かに見開く。

彼は誰かに気付いた。必死に赤い夕陽に照らされながら修羅の如く剣を振っている存在を見つける。

黒い髪、黒い眼。仏頂面で何を考えているかわからない男ランキング第一位。トゥルーが一番苦手な戦士。

本来の『円卓英雄記』のイベントでは、ここにいるのはアーサーであった。

ノェイの姿がそこにあった。

『もうやめよう、このまま聖騎士をやってもしょうがない』

『やめるけど、最後にいつもの訓練場所を見に行こう』

逢魔生体（アビス）の食人花により聖騎士が喰われてしまった後の選択肢。後者を選んだ場合は三本の木がある場所にてアーサーと会う事になっているのだ。

——だが、それはゲームの話であり、現実にいたのは彼である。

フェイにとって、この場所は修行をするいつもの場所。ひたすらに剣を振って強くなることしか頭にない彼にとってはイベントや選択肢に関係なく、特に意識をすることなく自然と来てしまうのである。

フェイは背中を向けていたが、トゥルーに気づくと剣を振るのをやめた。そして、僅かに振り返る。トゥルーには彼の横顔が見えた。鋭い眼が片方だけトゥルーの方へ向いた、まるで彼の心を既に見抜いているように。

「……何のようだ」

「大した用じゃない。最後にここを見ておこうと思っただけだ……聖騎士をもう、辞めるからな。最後に見ておこうと」

「そうか」

去る者を追わず。何よりも、そもそもお前に興味ない。トゥルーはそんな風に言われているような気がしていた。

「……お前はこのまま戦い続けるのか」

「愚問だな」

「……なぜ、そこまで出来る。僕とお前の何が違う」

トゥルーは聞いていた。フェイが初任務で自身と同じように逢魔生体(アビス)との戦闘を体験していることを。

だが、彼は自分のように死傷者は出さなかった。それだけではない。彼はマリアに気にかけられている。孤児院の中で特別扱いをしない平等なマリアがである。さらにレレもフェイにトゥルーとは全く違う感情を向けている。

なにが違う。眼の前の男と自分は何が違うというのか。トゥルーにはそれが分からなかった。

「《覚悟だ》」

即答。フェイはトゥルーに答えを教えた。

「俺には何が何でも、最後の一人になっても進み続ける覚悟がある。それがお前と俺の違いだ」

「……」

「何があったのか知らんが、貴様が選んだ道だ。横に逸れようが、曲がろうが、逃げようが勝手にするといい。それをどうこうする権利も理由も俺にはない」

「……」

「だが、お前の質問に答えてやったのだ。俺にも一つ聞かせろ」

「……？」

「その道の先にお前が求めるものはあるのか？」

――ゾクリとまたあの恐怖が蘇る。

また、心の奥底を見透かされているような、そんな恐怖。何を見透かされているんだとトゥルーは慌てる。そして、自身をそこで振り返る。

（……僕が、求めていたもの）

嘗て、とある村にいた時、母と義理の妹、二人を彼は守れなかった。だから、強くあろうとした。これ以上誰かを同じような酷い目に遭わせたくなくて。

だから、彼は剣を取った。だが、諦める道を選べば剣を置くことになる。これ以上の道はない。それを彼は理解した。

「……」

「答える必要はない、あとは好きにしろ」

もう、フェイがその眼を向けることはない。どこまでも先を見て剣を振るだけだった。

ただ、それだけなのにトゥルーは完全な敗北感を味わった。

――格が違う。

己を超越し、超越し続けてきた男の声、信条、信念。それは異常なほどに、格の違いを感じさせる。言葉だけではない。行動でも彼はそれを示してきた。仮入団の時から異常な執念を見せて訓練に臨み、何度負けても這いつくばって上に上がり続けてきた。努力を異常なまでにやってきた。

トゥルーはフェイが怖くて、同時に怪しんでもいて、マリアから気にかけてくれとも言われて……ずっと監視のように見てきたからこそわかる。

行動に伴った言葉の重み。覚悟の強さ。

それを見せられた後に、辛いからと、もうあの光景を見たくないからと自身の願いを捨て逃げようとしている自分を彼はどうしようもなく恥じた。

そのとき、そう言えば……と思い出したかのようにフェイがトゥルーの方を向いた。そして、木剣を投げる。

「最後と言ったな。少し付き合え」

「……あぁ」

一瞬で二人は交差する。剣戟が始まる。星元（アート）を使わない純粋な勝負。そこで、フェイが負けるのがいつもの事だ。何年も前からそれは変わらなかった。十三歳の時、フェイが異様になった時もトゥルーは勝って、フェイは負けた。

だが、今日は違う。信念を無くしかけ迷いがある者に対して、フェイの剣が鳩尾に叩き込まれた。

打ち合いをするまでもなく、決着は一瞬であり、唐突だった。トゥルーはフェイが自分が思っている以上に強くなっていると知った。

剣が叩きつけられた腹を押さえて、トゥルーはうずくまった。腹が熱い、気合を入れられたようにひたすらに熱かった。

「――かはッ」

（コイツ、以前と全然違う……《日に日に強くなってやがる》……。当然か、何度負けても這い上がって、執念を持って諦めなかったのが……それに比べて、僕は）

「そうか。それが今のお前か……」

フェイはそれだけ言うと、これ以上、何も言わなかった。僅かに向けていた目線も再び虚空に向け、トゥルーを見ることなく、剣を振り続けた。それを見て、歯を食いしばりトゥルーはその場を去る。

（僕は、僕も……理想を捨てて、たまるか……）

ただひたすらに前だけを見ている彼を見て、何度も立ち上がる彼を見続けて、トゥルーはもう一度と前を向く気力が湧いた。

僅かに彼は覚悟が決まった、逃げるのではなく背負って先に進むという覚悟が彼の中に芽吹いた。

——離しかけていた願いと剣を彼は再び握る。

◆

カルテ1
患者　トゥルー
症状……鬱イベントにより、精神弱体化

鬱展開によって、精神的にまいってしまう。本来であればアーサーと話して、彼女との共通点を見つけつつ、互いに友情が生まれて、泣きながらも立ち上がるはずであった。

しかし、アーサーはその場におらず、代わりにいたのはフェイ医師である。

フェイ医師の的確な助言と、魂のこもった鳩尾への一撃によって精神を回復し、僅かにだが覚悟を決めた。

『結果』フェイ医師によるソードバトル荒治療により、鬱によって精神が衰弱していた主

人公トゥルーの施術に成功。

　ユルルジャーナリスト

『フェイ先生。今回はどうして、急に荒療治を？』

　フェイ医師

『夕焼けのなか落ち込んでいるのを見て、これは主人公がモブキャラを元気づけるイベントであると判断しただけだ』

　ユルルジャーナリスト

『これはかなりの荒業でしたね？　一歩間違えば喧嘩になってたかと』

　フェイ医師

『夕焼けのなかで殴り合って分かり合うみたいなのはよくある事だ。それに俺は主人公だから失敗はあり得ん。だが、これは現実でしてはならん。異世界のノベルゲー主人公の俺だから許された事と言えるだろう』

　ユルルジャーナリスト

『なるほど。おかげでトゥルー君も回復したようです。……わ、私も先生に施術、お願い、しようかな？　優しく、してほしいけど……』

フェイ医師
『その時が来ればしよう……』
ユルルジャーナリスト
『お、お願いしますね……？』
フェイ医師の内面
（ん？　戦闘イベント伏線か？）

第九話　特別訓練

「えー、今日は急遽君たちに集まってもらったわけだけど……」

のんびりとした話し方でマルマルという聖騎士が話し始めた。フェイ達の円卓の騎士団、入団試験の監督もしていたベテラン騎士である。

若手聖騎士数名へ、いつもの訓練場である三本の木がある場所に集合するようにと伝えていた。メンバーはフェイ、ボウラン、アーサー、トゥルー、エセ、カマセ。計六名である。

「えー、今日は君たちに特別訓練のために集まってもらったんだけど……」

なぜこのようなメンバーで訓練が再び始まったのか。

それは、今期の騎士団団員が次々と死んでいっているからだ。新入り聖騎士の既に死んだ数は六名。仮入団期間を終えた聖騎士がここまで数多く、さらに早く死んでいくのは異例で、何らかの措置をしなくてはならず再び訓練することになったのだ。

任務も行いながらの訓練。これはかなり負担がかかる、エセやカマセは顔が青くなってしまっている。

「じゃ、取りあえず走り込みからね」

マルマルが始めと、手を叩く。そうすると全員が荒野を走り出す。六人の中で一番に飛び出したのはフェイであった。腕を大きく振って、足を上げて、グングンと他の者達に差をつけていく。仮入団時代からの逆立ち王都数周、過酷な訓練、それに加えての自主練。

——星元(アート)なしの身体能力では彼に勝る同期はほぼいないのだ。

ボウランなどはペース配分を考えると無理に走ることは出来ないのでフェイに追いつくことはしない。しかし、そこへ、無理にペースを上げたエセがやってくる。

「フェイ、久しぶりやな」

「……エセか」

「せやせや、まぁ、別に挨拶したいわけやないねん……あの金髪の可愛い女の子、アーサー言ったっけ？　仮入団の時、同じ部隊やったんやろ？　何とかして、あの子紹介してくれへん？」

走りながらエセがフェイに話しかける。エセの眼にはチラチラとフェイを見るアーサーの姿があった。彼女はフェイに話しかけたいが、エセが邪魔だなと思っていることを彼は知らない。

「アイツとはそれほどの仲ではない」

「え？　でも、さっき話しとったやろ？」

「……レタス」

「レタス？」

「レタスの感想を聞かれた」

「は？　どういう意味なん」

「俺が知るか。もう行く」

フェイが更にグイッと一段階スピードを上げる。星元（アート）なしの純粋な力。それによってエセは突き放された。

「速ッ⁉　まだギア上げれるんかい⁉」

エセが驚くもそれを無視して、フェイは更に先を行く。すると、待っていたと言わんばかりにアーサーがフェイに追いついた。

「フェイ」

「……」

「さっきの人、知り合い？　友達？」

「……アイツとはそれほどの仲ではない」

「え？　でも、結構楽しそうだった」

「……アーサー」

「ワタシ？」

「お前の事を聞かれた？」

「え？　どうして？」

「……さぁな。俺はもう行く」

グイッと更にスピードを上げるが、アーサーは振りきれず。

「レタスが美味しく食べられるドレッシング欲しい？」

「……無駄口を叩くな。黙って走れ」

謎のデジャブを感じ、レタス推しの謎のアーサーを気にせず彼は訓練に取り組む。フェイは真面目なのである。そのまま走り続けて、フェイは一位で訓練を終える。

そして、純粋な筋力トレーニングの後は星元（アート）を使用してのダッシュ訓練が行われた。一番、遅かった者には罰ゲームがあるという。純粋な筋力ならフェイだが、星元（アート）操作をするとなると結果は異なる。

先ほどとは打って変わり、最下位はフェイだった。

（本当に今期でダントツにアンバランスな子だな……純粋な身体能力なら一位、星元（アート）を使えば最下位か……）

マルマルはフェイを興味深く観察する。彼にとって最も新入りで興味をそそられるのはフェイなのである。

「じゃ、フェイ。君には罰ゲームとして……そうだな。かなり疲れて限界だろうから、素振り百回してもらおうかな？」

「む……」

元から決めていた罰ゲーム、だが、訓練で疲れているだろうと気を遣ったマルマルはフェイに対して素振りを百回しろと言った。その言葉にアーサーが反応を示した。

（この先生、フェイの事を舐めすぎ……フェイはもっと頑張り屋さんで、たかが百回程度で限界じゃないのに。それが限界みたいに言うの、本当にダメ）

彼女としてはマルマルに異を唱えたかった。フェイはもっと頑張り屋さんで、もっとすごくてこれくらいが限界ではないと声を大にして言いたかった。しかし、アーサーはコミュ障なのである。どのようにしてそれを言えば良いのか分からず、頭の中でぐるぐる考え込んでしまった。

（えっと、こういうのって、どういう感じで言えば……あんまり強く言うと豆腐の角が立つし……）

「先生」

「ん？」

（フェイには、素振り回数をもっとやらせても良いって言おう。ポテンシャルが高くて、一生懸命で、集中力があって、意識の高いフェイなら素振りの回数そんなんじゃ満足しないはずだしね）

悩んだ末、アーサーはこれだ！　というセリフを決めた。

「フェイには、素振り回数、零が一個足りないと思う。それくらいやらせるべき」

「え？」

周りからは煽っているのかこの子？　という視線を向けられるが彼女はそれに気づかない。

それを聞いていたフェイも僅かに怒る。

（――流石、ジャイアントパンダライバル枠……的確に嫌味を主人公である俺に言ってくるな……ひじょーに、ムカつくが……良いだろう。乗ってやるよ！！！　そして予想を超えてやるよ!!）

「元より増やすつもりだった。そして、零は二つの間違いじゃないか？　アーサー」

「……フェイ」

（流石、フェイ……ワタシの考えの上を行くだなんて……でも、ワタシと考えは近かった。やっぱりフェイの事をワタシが一番理解してる）

（こいつ、俺が一万回素振りするって言ってるのに……驚かない。お前程度に出来るのか？　って煽ってるのか？　絶対やってやるよ）

（頑張れ。フェイ）

（こいつ、無表情で俺のこと見やがって……滑稽だなって思ってるのか？　いずれ、主人公の俺の踏み台にしてやるから覚悟してろよ）

「えっと……じゃあ、訓練はここら辺にしておこうかな？」

マルマルが居た堪れなくなって、特別訓練を終わらせた。その後は無表情ながらも怒りに震えながら素振りをするフェイと、無表情だがどこか嬉しそうなアーサーがそれを眺めるだけであった。

◆

フェイが素振りを終わらせる頃には、既に辺りは真っ暗になっていた。

いつもの通りユルルが夜練のため荒野の三本の木がある場所に訪れる。

「えっと、フェイ君。汗びっしょりですが……」

「問題ない」

「今日は訓練止めておきませんか？」

「やる」

「でも、皆さんフェイ君を待っているみたいですよ？」

彼女の目線の先には今日フェイと一緒に訓練をこなした聖騎士たちの姿があった。フェイが修行を終えるのを待っているのだろう。訓練終わりに騎士団の浴場で汗を流そうと全員で話している。

だが、フェイがなかなか来ないので待っているのだ。

「なぁ、フェイ。ワイ達と風呂行こうや」

「――だが断る」

「即答かいな⁉」

「フェイ君、今日は同期と親睦を深めてください！　師匠としての助言です！」

「――そうか。お前が言うなら何か意味があるのだろう」

「なんや、お前。その女の子の言う事は聞くんかい」

ユルル師匠の言う事には意味があると言わんばかりにフェイは浴場に向かう。だが、ユルルは行きにくいという表情だ。彼女はあまり騎士団が使用している浴場や施設を使いたがらない。ユルルは兄達が犯罪行為をしてしまったので、一部の聖騎士からは嫌われている。その聖騎士たちが使う施設は使用するのが難しい。彼女は迷い、顔が曇っていた。

ボウランがそれに気づいて声をかける。

「なんだ？　先生は行かないのか？」

「えっと、私は」

「アタシたちが一緒だから、一人じゃないぜ！　一緒に行こうぜ！」

「……そう、ですね。アーサーさんも一緒みたいですし……一人じゃないなら行っても良いかな」

ボウランに言われてユルルは僅かに乾いた笑みを浮かべ、浴場に向かおうかなと思った。

（……行っても良いのかな）

何かひそひそと言われたりしないかなと心配になるが、そんな心配は不要であった。確かにひそひそと誰かしらに何か言われたりはした。

だが、隣にはフェイがいて、それが気にならなかった。腕を組み仏頂面な彼が隣にいるだけで何となく心強かった。

「……」

無言ではあるが、何かユルルについて言っている者達を見つけると彼が睨みつけて蜘蛛の子を散らすようにしてしまうからだ。

アーサーやボウランも彼女にとって心強くて、良い生徒に恵まれたと感じる。フェイと彼女は男女で別れて入ってしまうが近くにいると思うだけで心強かった。

浴場について、フェイ、トゥルー、エセ、カマセ達の男子陣とアーサー、ユルル、ボウランの女性陣は別れてそれぞれ風呂に入った。

一通り、体を洗うとユルル達三人は湯船に浸かる。

「はぁ効くぜー」

「ん、気持ちいいね」

ボウランとアーサーの湯船に浸かる姿にどこか女性としての色気をユルルは感じた。同時に自分より年下なのに、自分よりも色気を感じて複雑な心境になる。

「ボウランさんもアーサーさんもお綺麗ですよね」

「え？　まぁね。でも、先生も可愛いと思うぜ」

「確かに、先生も可愛い」

「そ、そうですかね？」

「なんかこう、子供みたいで可愛い！」

「こ、子供……」

年下であり、教え子であったボウランに子供と言われたと彼女は少し落ち込む。そこへ、隣の男風呂から声が聞こえる。

「ふぇ、フェイ！　お前、なんやそれ⁉　でっか⁉　こっちが恥ずかしいわ！　カマセ、お前まじで隠した方がええぞ。フェイを竜とするなら、お前は土竜(もぐら)や！」

「か、格が違う……」

「ぼ、僕様も下半身に血流が流れればそれくらい！」

エセ、トゥルー、カマセの驚く声が聞こえてくる。かなり大きな声なので女風呂にもその声が響いた。アーサーとボウランには何の話か分からないが、ユルルには彼らがどうしてあんなにも大声なのか分かった。

（フェイ君……そんなに大きいんだ……）

「何の話だろうね？」

「さぁ、アタシには分かんねぇ。先生分かる？」

「さ、さぁ？　な、なんでしょうねぇ？」

適当に分からないふりを彼女はしておいた。だが、分からないアーサーとボウランは話を続ける。

「フェイのナニが大きいんだろう」

「鼻じゃね？」

「フェイ言う程大きくないよ。スッとして高い鼻だし」

「あーそっか。アイツ、顔のパーツ良い感じだしな。結構顔立ちは良い感じだよなぁ。目つき悪いし、無愛想だし、人の話聞かないけど」

「フェイは、ちょっと怖いけど悪い子じゃないよ」

「え？　何お前。分かってるよ感だすじゃん」

「実際、ワタシが一番フェイの事分かってる気がする」

「へぇ、好きな食べ物って分かるのか？」

「フェイはね、レタスが大好きだよ」

「なんで？」

「フェイは偶にパン屋さんに行く。ワタシも買いに行くから偶に会う。そこでフェイはいつもハムレタスサンドを買ってるから……ワタシは確信した。フェイはレタスが好きだって」

「ふむふむ、そう言われるとそんな気もするな！」

アーサーの迷推理。彼女が自信満々にそう言うから僅かに説得力があった。そして、あまりにピュアなボウランは直ぐにその言葉を信じた。それを横で見ていたユルルは乾いた笑みを浮かべる。

（――フェイ君、ハムが好きだから買ってるんじゃ……。前に好きって言ってたし。あと、ボウランさん、ピュアすぎです……）

「だから、この間色々お礼したい事あったからレタス三つ袋に入れてプレゼントした」

「どうなったんだ？」

「あぁ、って言いながら受け取ってくれたよ。眼三回くらいパチパチしてたから、びっくりするくらいよっぽど嬉しかったんだと思う」

（――それ、プレゼントがトリッキー過ぎてフェイ君驚いてたんじゃ……鵜呑みにし過ぎです……ボウランさんも）

――迷探偵アーサー。

彼女の推理に理解などない。理解などできない。彼女の推理は理論的に紐解くのではなく、ただ感じるのみ。普通であれば可笑しいと思うがボウランは強い奴には敬意を払う。仮入団時にアーサーの強さをこれでもかと体感している彼女はピュアさも相まって完全に彼女の言葉を信じてしまった。

「おお！　確かにそうかもな！　しっかし、アイツレタスが好きだったのか！」

「今度、レタスに合うドレッシングもあげようと思ってる」

「ドレッシングかぁ！」

「きっとフェイの頭の中には妄想のレタス畑があるくらい好きなんだと思う」

「そうなんだ！　アタシも覚えておくぜ！」

フェイにレタス好きという謎の個性が付与されていく。

「そっかー、アタシも今度からアイツに何か渡すときはレタスにしておくぜ！」

（ボウランさん……ピュアすぎです。でも、この素直な性格は私もちょっと見習わないと……いけないかも）

――ピュアボウラン爆誕!!

最初の刺々しい感じはどこへやら。彼女は大分丸くなっていた。ボウランはピュアボウランに進化した。

そして、フェイの誕生日には大量のレタスが送られる事になるのは未来の話だ。反対にユルルはフェイのプレゼントにはハムをプレゼントしようと決めた。

第十話　戦士トーナメント

　フェイ達がサジントの特別訓練を終えてから数日が経過した。いつものようにフェイは修行に勤しんでいるのだが、そんな彼にユルルも付き合っている。

「フェイ君、もっと、接近されたら振りをコンパクトに！　間合いは剣士にとって命ですので、そこも計算しながら立ち位置を気にしましょう！」

「あぁ、分かった」

　テキパキと師であるユルルに言われた事を自身の体と頭の中に馴染ませていく。彼は基本的には師であるユルルの言う事は聞くのである。

　暫く訓練し、一旦休憩に入る。フェイは休憩の最中も素振りをしていたが、そんな彼にユルルはとある紙を見せた。

「フェイ君、ちょっと良いですか？」

「なんだ？」

「実は今度、都市ネッドという場所で戦士トーナメントが開催されるようなんです」

「そうか」

「実戦、そしてフェイ君自身がどれほど強くなったのかを知る為にこの大会に是非出てみませんか？」

「良いだろう」

「ではでは、エントリーしておきますね。アーサーさん、ボウランさん、トゥルーさんも出るそうなので頑張ってください！　フェイ君を私は一番応援しています！」

「そうか」

ユルルはニッコリと向日葵のような綺麗な笑みを浮かべるとフェイを激励した。彼女の期待に応えるように、フェイはその大会に向けて更にハードな訓練をすることを誓った。


そして、数日が経過して戦士トーナメントが執り行われる日がやってきた。その日はフェイとユルルは朝早く起きて、馬車に乗り都市ネッドに向かう事にしていた。

「フェイ君、おはようございます」

「あぁ」

「馬車で朝ごはん食べれるように、ハムレタスサンドを作ってきました。一緒に食べませんか？」

「あぁ」

彼女は木で出来たランチバッグにサンドイッチを詰めていた。フェイと一緒に食べるために、ついでに以前好きだと言っていたハムを朝食に使えばフェイが喜ぶのではないのかと思っていた。

異性を攻略するには胃袋を掴め的な事をこっそりエクターという聖騎士に吹き込まれていたことをフェイは知らない。

二人が都市ネッドに向かおうと、馬車に乗り込もうとしたその時である。

「あー！　先生！」

「フェイも一緒……」

ボウランとアーサーが二人を見つけた。二人も戦士トーナメントに参加するために朝早くから王都を出発しようとしていたのである。

「あ、どうも、お二人もネッドに向かうんのでしたよね」

「そうそう！　でもさー、アーサーが馬車予約するの忘れてたんだよ!!」

馬車は数が限られているために乗るには予約が必要なのである。ユルルとフェイは事前にトーナメントの日時に使えるように予約をしていたのだが、アーサーとボウランはしていなかった。

「あーあ！　アーサーが予約してくれれば走っていくとかしなくてよかったのに!!」

「……ごめん。でも、うっかりは誰でもあるから」

「……あの、乗りますか？　馬車四人乗りでして、乗るのはフェイ君と私だけですから」

「えぇー！　いいの!?　流石だぜ先生！」

「い、いえ、どうぞ、アーサーさんもボウランさんも乗ってください」

（本当ならフェイ君と二人きりで乗りたかったのですが……私は教師ですし、二人共とてもよい生徒ですし……）

フェイと二人きりの馬車に未練を残しつつもボウランとアーサーを馬車に乗せることに彼女は決めた。ボウランが飛び乗るとナチュラルにフェイの隣に座った。

「「あ……」」

フェイの隣に座ってしまったボウランに対して、アーサーとユルルは思わず声を漏らしてしまう。だが、当の本人は気にしている様子はない。また、フェイもどうでもいいと言わんばかりに馬車の席に座りながら腕を組んで目を閉じている。

「……ボウラン」

「なんだ？　アーサー？」

「席変わって」

「えー！　なんでだよ、面倒だし、早く座って都市に向かおうぜ！」

「……」

あまりに素直に正論を返されてしまったのでアーサーは渋々席に着き、ユルルも諦めて席に座った。四人が席に着くと馬車が動き始める。馬車には窓があって、フェイは外を眺めていた。

「そう言えばトゥルーの野郎はどうしたんだ？」

ボウランが同じくトーナメントに参加をするトゥルーについて話題を出した。

「ワタシは知らない」

「すいません。トゥルー君は私もあまり……参加をするとは聞いていたのですが」

「ふーん」

ボウランも何となく話題を出しただけで、特に興味ないようでそれ以上は深堀りしなかった。だが、窓の外にもう一台馬車が走っているのが見えて、そこにはトゥルーと女の子が二人乗っているのが見えた。

「あれ？　トゥルーじゃん？」

「そだね」

「そうですね。一緒に乗っているのはフェイ君と同じ孤児院の方でしょうか？」

トゥルーは同じ孤児院であり、小さい頃から幼馴染であるレイという女の子、そして、アイリスという孤児院に入ってから出会った女の子と一緒に馬車に乗っていた。これは実はノベルゲーでもあったイベントである。

戦士トーナメントに出場するためにトゥルーはレイとアイリスと一緒に向かうのだが、そこで偶々馬車の予約をするのを忘れていたボウランとアーサーと乗せて、一緒にトーナメント会場に向かうのだ。

四人乗りにトゥルー、レイ、アイリス、ボウラン、アーサーを乗せる。狭くなった馬車でレイとアイリスにトゥルーとの一緒の時間を邪魔されてアーサーが嫉妬するのだが、そんな事は起きなかった。

「あ、アイツらご飯食ってる！　トゥルー、サンドイッチいいなぁ」

レイとアイリスが異性として好きなトゥルーの為に作ってきたご飯を食べさせているのが見えて、ボウランは涎（よだれ）を垂らした。彼女も朝ごはんを食べていなかったのだ。ユルルはトゥルー達の様子をみてそう言えばと自分もフェイの為に朝食を作ってきたのを思い出した。

「そうでした。フェイ君、朝食をどうぞ」

「……あぁ」

ユルルからランチバッグを渡されたフェイがそれを開ける。中からハムレタスサンドを取り出して、彼は口に入れた。

「どうでしょうか？」

ユルルはちょっと不安そうに味を聞いた。ハムレタスサンドが不味いと言われたら彼女は立ち直れない。きっと、大人げもなくこの場で号泣をしてしまうだろう。

「まぁ、それなりだな」

「そうですかぁ、いや、よかったです。不味いって言われたらどうしようかと……思ってました」

クールな顔で食べた前後で表情を変えないのはいつもの事だ。

「ソース、変えたか？　前と違うようだが」

「あ、わ、分かりましたか⁉　そ、そうなんです、ちょっと工夫して、味を変えてみようかな、なんて……」

前に朝の修行の時にフェイに朝食として、サンドイッチを作った事もあるユルルは、いつもとは違う味を食べてほしかったのだ。

それが不評だったらと思っていたが、思ったよりもフェイからは好評だったので嬉しかった。

（何気ない変化をフェイ君、分かってくれた……やった）

心の中でガッツポーズしながら彼女は彼がサンドイッチを頬張るのを見続けた。そして、フェイの隣で彼が食べる姿をじっと涎を垂らしてボウランは眺めていた。ガン見されていたら流石のフェイも声をかける。

「なんだ」

「いや……なんでもないけどさ。どんな味するんだ？」

「言う必要はない」

「……美味そうだな。それ」

ボウランは食い意地が張っている。途轍もなく食いしん坊なのだ。ジーっとフェイを見て如何にも食べたいとは口にしないがそうであるとアピールをする。

「ふぇ、フェイ君、折角ですし、ボウランさんにもあげてくれませんか？」

「お前がそう言うなら」

「マジで!?　ありがとー！　頂きまーす！」

ガツガツボウランは食べ始めた。ユルルは気を遣ってアーサーにも食べるように促す。

アーサーもサンドイッチを食べ始める。

「美味しい！　最高だぜ！」

「美味しい……」

ボウランもアーサーも味には文句なしという感じであった。ボウランはその後、結局、一番沢山サンドイッチを食べてお腹いっぱいになる。そして馬車に揺られていると眠くなってフェイに寄りかかって寝てしまった。

「フェイ、ボウランの頭重くない？」

「鬱陶しいが重くはない」

「フェイって意外と面倒見良いよね」

「別に、起こした方がコイツは面倒になると思っただけだ」

アーサーはフェイが褒められて照れてるんだろうな、可愛いなと思っているが当の本人は本当に面倒だからボウランを起こさないのである。本当に心の底からボウランが鬱陶しいとも思っているのだ。

暫く馬車の中でボウランは寝続けて、起きると丁度都市ネッドに到着した。

◆

ネッドは外壁に囲まれている大きな都市だ。聖騎士も在留しており、治安も維持されている平和な場所。だが、これと言って変わったところがあるわけではない。たった一つの特徴を除いては……。

「この都市には大きな闘技場（コロッセオ）があるそうなんです。そして、ここで戦士トーナメントは開催されます！」

「へぇ、そうなのかぁ！」

「ワタシは知ってた」

「……」

ユルルの解説にボウラン、アーサー、フェイがそれぞれの反応を示す。彼等は闘技場（コロッセオ）の前にあるトーナメントの受付場で出場申請を終わらせた。すると、試合時間を告げられそれまでは自由時間であると言われる。

「試合までワタシは時間がある」

「アタシもあるぜ！　じゃあ、どっかでご飯食べようぜー！」

「いいよ。フェイはどうする？」

アーサーとボウランは試合時間までゆっくりと過ごすようだが、フェイは既に彼女達から離れて走り出していた。

「あれ？　どうしたんだろう」

「なぁなぁ、フェイは良いから飯行こうぜ！　アタシ腹減ってるんだ」

「あんなにサンドイッチ食べてたのに？　それにワタシ、フェイと一緒が……」

「やだやだ!!　ご飯ご飯！　ご飯食べたい！　一人は寂しい!!」

「分かった……しょうがないから付き合う」

ボウランが駄々をこねるのでアーサーは渋々彼女に付き合う事にした。

フェイは走り込んでいた。トーナメントへ向けて彼は準備運動をしているのだ。最初は軽いランニングから徐々にギアを上げて、試合へ最高潮の状態で挑むため、ひたすらに走り込む。

彼の師であるユルルも一緒になって走っていた。

「お前は出場しないはずだが……」

「いえ、フェイ君が出るなら私も準備運動付き合います。師匠ですから！」

「そうか」

ランニングにストレッチ、色々念入りに行い、一汗かいたところで試合会場に彼等は戻った。

「では、フェイ君。ワタシは観客席で貴方の雄姿をしかと見ていますからね！」

「あぁ、軽く優勝してきてやろう」

軽く手を挙げて、フェイはその場を去っていった。ユルルは彼の背中をずっと見守っていたが、背が見えなくなったら彼女も観客席へ向かった。

闘技場(コロッセオ)は円形の競技場のような場所だ。上から戦う広場が見えるように観客席は二階建てのように高い場所にある。彼女は空いている席を見つけてそこに座った。

(フェイ君が危険な試合をしませんように……)

取りあえずフェイが危険な事や怪我をしないように彼女は願っている。

「隣、宜しいですか?」

「え、あ、どうぞ」

ユルルに唐突に話しかける女性がいた。森のような美しい緑の髪、瞼もぱっちりしており、可愛らしい女性だった。

「レースと言います」

「あ、えっと、ゆ、ユルルです」

「ユルルさんですか。どうぞよろしくです」

「ど、どうも」

自身の名前で呪いのガレスティーア家の子だとバレなくて良かったと彼女は僅かに思った。

「わたし、実は戦闘マニアなんです」

「は、はぁ？　戦闘マニアですか？」

「ここで毎年トーナメントが行われるので、毎回見に来て必死に応援しているんです。更にめぼしい選手を調べたりとか」

「ほ、ほぇ、そうなんですね」

「第一試合は去年優勝者、バルブ選手が出るらしいですよ」

「そ、そうですか」

「一回戦、第一試合はフェイという剣士だとか」

「あ、フェイ君が……」

「知り合いですよね。先ほど、一緒にいるのを見たのでお話を聞きたいと思いまして」

「それで、私に声をかけたんですね」

「ですです。気になったので声をかけさせてもらいました」

レースはフェイに興味津々な様子だった。去年の優勝者と一回戦で対戦するのが取っ掛かりになっているのだろう。

「わたし、本当に戦闘マニアでカードに歴代出場者を評価して纏めているんです」

「か、カードにですか？」

「ですです。まぁ、この大会はそこまで大きい大会ではなく、マイナーな催しなのでこんなに熱心にまとめているのは珍しいのですが……因みにこれが去年の優勝者のカードです」

バルブ　性別男性
筋力Ａ　知力Ｂ　俊敏Ａ　精神Ｃ
全体的に凄まじい才能がある。剣、魔術、全てにおいて素晴らしい。だが、一点だけ相手を痛めつけるように戦うのはあまり宜しくないように思われる。

・武器
ロングソード、格闘術

・魔術適性
風、水

・見た目
茶髪に狸のような眼

彼女から渡された紙には以上のような説明と、本人と思われる男性の全身の絵が描いてあった。

「なるほど……こんな感じの方なのですね。レースさんは絵が凄くお上手ですね。まるで、そのまま写したみたいです」

「絵は得意なんですよね。よくうまいって言われます。って、そうじゃなかった。こんな感じにカードに纏めているのでフェイ選手について詳しく聞きたいなと思ってまして」

「そうですね……あの、このバルブさんの痛めつけるというのはどういう意味なのでしょうか？」

彼女はカードに書かれている相手を痛めつける。という文言が気になったようで、思わずフェイの質問に対して、問いを返してしまった。

「バルブ選手は少々危険というか……」

「き、危険ですか？」

「ええ、去年のトーナメント……バルブ選手は相手を無理に痛めつけるような試合が目立っていたというか」

「そ、そんな」

「この大会は殺害行為は禁止なので死ぬことはないと思いますが……こういう危険な選手

も出場しているんです」

「ふぇ、フェイ君、大丈夫かな……」

彼女が心配をしていると、丁度その時、会場中が湧いた。一回戦の対戦相手同士が入場してきたからだ。一人は先ほどカードに記載してあったバルブという選手、そして相手はユルルの弟子であるフェイだ。

「ふむ、この僕の相手は君か？」

「……」

「おや？　無視かい？」

「ここは言葉を交わす場所ではない。剣を交える場所だ」

「なるほど、確かにそうだ」

バルブとフェイは向かい合って互いに剣を構える。観客は試合の開始へ徐々にヒートアップしていき熱気が高まっていく。カーンと試合のゴングが鳴ると互いに動き出す。

先ずフェイが剣を振り下ろす。それをバルブは容易く受け止め、風の魔術でフェイを吹っ飛ばした。

「……なるほどな」

「ふふ、大分僕と君では力の差があるようだね」

「どうだかな」

吹っ飛ばされたことを気にもかけずにフェイは再び向かっていく。しかし、星元(アート)によって強化されているバルブの剣と体術は彼の速さを超えていた。

フェイは何とか剣を弾くがその瞬間にバルブの拳がフェイの腹に突き刺さる。グシャっと骨が折れるような音がしてフェイがまたしても吹っ飛んだ。

「ふっ、初戦が僕とは君も不幸だな」

「……不幸か……フッ、そうか、俺を不幸と言ったか？」

「なに？」

クスっとフェイは嗤った。バルブの拳によって腹に大きなダメージを負い、風によって吹っ飛ばされ、口から血が流れている。対して、バルブは余裕の表情。去年トーナメントで優勝している彼にとってこの試合は余裕であった。

だが、フェイが僅かに笑った事が気になったのだ。

「不幸。不幸、不幸か……貴様は面白いことを言う」

「だから、なにが――」

「――不幸はお前だ」

彼はやはり《笑っていたのだ》。楽しそうに、圧倒的な理不尽を前にして、格上と対峙して彼は笑っていた。見間違いではない。

「……この去年の優勝者である僕を……嗤うとはね。面白い……どこまで君が耐えられるか試してあげよう」

バルブは面白い、と言いながらも内心では怒りに震えていた。フェイは明らかに自身よりも弱かった。星元操作も大してまともには出来ていない。魔術も使ってこないという事は使えないのだろう。

戦士として明らかに己よりも格下であったのだ。バルブという戦士は弱者を痛めつけるのが趣味であり、娯楽であった。大衆の前で自身の圧倒的な実力を見せつけて、相手の心を完膚なきまで叩き潰し、へし折る。

それが彼の今までのスタイルであった。

それで今まで屈服しない者は居なかった。誰もがそうだ。どんな存在も一発殴れば、魔術を見せつければ力の差を知って絶望する。

なのに、眼の前の男は折れない。寧ろ、希望に満ち溢れているような眼をしていたのだ。その上で笑われた、腹立たしいことない。

「どこかでギブアップをしなければ……死ぬかもね」

「死ぬか……やってみろ。殺して見ろ。その方がもっと楽しめそうだ」

「――ッ」

（なんだ……コイツは……楽しいだと？　死ぬのが……）

「減らず口がどこまでできるかな！！！」

バルブは魔術をフェイに当てた。水による高圧鉄砲、風による吹き飛ばし、身体強化による殴打。全てをやりつくした。

フェイの頭を殴った。血が出る、だが、そんな事は知らないとフェイは再びやり返してくるのだ。彼の拳は空を切って、再び魔術で宙を舞う。だが、地面に着くと即座に立ち上がって、走り出す。

「そうか。これが……試練か」

意味の分からない事をぼそぼそ言いながら笑って、バルブの元に何度もやってくるのだ。流血して、彼の衣装は赤に染まっている。骨は一部折れて、使い物になっていない。

だから、どうした。そう言わんばかりで腕を振るうのだ。ゾンビのようにおぼつかない足取りで……そのフェイの様子にバルブも恐怖を感じた。圧倒的とも言える実力差に対して、怯むこともなく真っ向から向かってくる狂人。

（なんだ、なんだなんだ⁉　こいつは……あり得ない。もう、終わってもいいはずだろうがッ。僕は一体、いつまでこいつに付き合えば良いんだ‼　どう考えても、僕の方が強いだろ!!）

（――なのにッ、どうして僕が震えているんだッ）

ゆっくりとフェイは近寄ってくる。今までバルブという戦士が戦った事も、見た事も、感じた事も、聞いた事もない圧倒的未知の男。このような異常者がいただろうか。

「な、なんだよ……お前……」

「ククク、どうした。俺はまだ、立っているぞ」

「来るなよッ、お前、人間か!!」

「……俺は何に見える？」

フェイがバルブに聞いた。そう言って再びフェイは跳躍する。恐怖を消すようにバルブはフェイを思いっきり殴った。骨の砕ける音と、流血が飛び出る。それだけではなく風と水の魔術を混合して、殺してしまいそうなほどの魔術を放つ。

「おいおい」

「ちょっと……やり過ぎじゃないか？」

観客も流石にこの試合はやり過ぎではないかと思い始めた。明らかにこの試合はトーナメント、試合というレギュレーションに反している。あくまでもこれは娯楽なのだ。

だが、そんな事は関係ないとフェイは立ち上がった。

「立つなよッ、立つなッ、立つなッ!! 負けろよッ」

「……まだまだ、俺は踊れるぞ？　お前はどうだ？」

バルブの手は震えていた。これ以上、自分に何が出来るというのだろうか。何度も何度も立ち上がり、試合とすら言えない暴力で蹂躙したというのにフェイは立ち上がってくる。

「――おい、俺は立っているぞ」

弱者をいたぶる事だけをしてきた。自分よりも強い存在と戦った事が無かったバルブは異次元の強さを持つ相手に追い込まれた事がない。

その様子を見ていたトゥルーは思わず息を呑んだ。

「これだ。僕があの時、孤児院で感じた恐怖は……」

そう呟き、トゥルーも思わず、血だらけになって戦うフェイの表情を見て手が震えだした。

(無理だ。フェイには絶対勝てない、純粋に強いとか弱いとかそういうんじゃないんだ。物差しでは測れないような生き方や強さをアイツは持っている)

(怖いと思って一歩引いた時点で彼は負けていた……勝負あったな)

トゥルーがこの試合の勝敗を予測した。眼の前ではフェイに対して、もう抵抗をする気力もないバルブが見えた。

「ぼ、僕が恐怖で怯えているだと……僕の方が強いというのに……」

「強いなら、証明して見せろッ、俺を倒し、強さを見せつけろッ」

足を引きずりながらゆっくりと笑いながら近づくフェイから、逃げるようにバルブは一歩また一歩と後ずさる。

「わ、分かった。僕の負けでいいッ!! 痛めつけたのも謝ろうッ！ だから、もうッ、き、棄権だッ、僕は棄権する!! だからもう、終わりなんだよッ、もうやめてくれ!! 止まってくれよッ!!」

「…………そうか…………もう、終わりか」

フェイの気迫に押されバルブは棄権を宣言した。それと同時にフェイは彼の眼の前でばたりと倒れた。先ほどまでの気迫が嘘のように彼は勝敗が決した瞬間に眠りに落ちたのだ。

トゥルーが周りを見る。会場中が静まり返っていた。いや、静まり返っているような空気だっただけだ。実際には、一部の子供はフェイの何度倒されても、ゾンビのように、それ以上に嗤いながら生き返る様に恐怖して大泣きしている。

「ぴぇっぇぇん!!」

「ママぁ、怖いよぉ！」

「うぇぇぇぇぇ！！！　あのお兄ちゃん怖いよぉぉぉぉ！！！」

母親に抱き着いたりするほどに、子供達は狂気的な少年の姿にこれ以上なく感情を揺さぶられてしまっていた。

そして、大人達は子供達と同じように驚愕し、戦慄していた。

「勝ったのか……？？」

「勝ちやがったぞ、あの状況で」

「だが、勝った方がぼろぼろで負けた方が無傷ってどうなんだよ……」

大会運営も試合の結果にまだまだ理解が追いついていないようだ。ざわざわ、とフェイの勝利に会場中が困惑する中、気絶をした彼は医務室に運ばれた。

この世界の主人公である俺の朝は早い。努力系主人公である俺は朝練を必死にこなすのである。

そんな俺に師匠枠であるユルルも付き合ってくれている。流石だぜ、師匠！

訓練を終えると、師匠が一枚のビラをくれた。

――こ、これは⁉　戦士トーナメント、だと……⁉

なんだよ、これ、王道中の王道展開じゃないか⁉　もうこれはあるあるだよね？　主人公が何かしらの武道大会に出場して大いなる成績を収めるというのはさぁ？　こういうイベントを真っ先に俺の元に持ってきてくれるユルル師匠、本当に好きです!!

いやホントに主人公って楽しいわぁ。こういうイベントが沢山回ってきてくれるからさぁ？

さーてと、大会までに気合入れますかぁ！！！


そして……大会の日。

馬車に乗ってトーナメント会場に向かおうと思ったら、ボウランとアーサーとバッタリ鉢合わせした。なんだよ？　え？　馬車を予約するのを忘れた。

こいつら馬鹿だな……。俺は主人公だからね、事前にしっかりと予約しておいたよ。このトーナメントは俺にとって重要イベントだからね、そこら辺の奴らとは気合の入り具合が違うわけよ。

「あーあ！　アーサーが予約してくれれば走っていくとかしなくてよかったのに!!」

ボウランが何か言っている。こいつ……凄い馬車に乗りたいです感出してくるじゃん。まぁ、俺はユルル師匠が乗って良いって言うなら良いけどさ。

結局、アーサーとボウランは乗るらしい。ボウランは俺の隣に乗って、アーサーとユルルは対面に座る。馬車が動き出すとごちゃごちゃ長話が始まった。俺は全然興味ないし、クール系なのでわざわざ話に入ろうという感じでもないので黙っているとユルル師匠がサンドイッチをくれた。

本当に師匠として弟子を気遣ってるよね。師匠としてキャラが立ってるよね。食べるとかなり美味しい。

でもちょっと味が前と違うな。

「ソース、変えたか？　前と違うようだが」

「あ、わ、分かりましたか⁉　そ、そうなんです、ちょっと工夫して、味を変えてみようかな、なんて……」

あ、やっぱり変わったよね。分かるよ。俺はもしかしたらと料理系主人公の可能性を考えていたから料理についてはコッソリ研究していたこともあったのだ。この中世世界で料理に革命を起こす世界線もあるのではないかと予測してた。

まぁ、円卓の騎士団云々が出てきてからあり得ないと分かったけど。

サンドイッチを食べているとボウランがめっちゃ見てくる。食べたいのか？　ユルル師匠からのお許しが出たので食べて良いぞ。許可が出たらコイツめっちゃ食べる。まぁ、試合があるから沢山食べるつもりはなかったし俺は良いけどね。でも、お腹一杯になったら寄りかかって寝るのは止めてほしい。

俺の肩にヨダレ凄い垂れてるし……。

都市ネッドに到着をしたら、俺はひたすらに念入りに準備運動をした。大会イベントは主人公が目立つ重要なイベントだ。俺もずっと憧れていたし手を抜くわけにはいかないから念入りにストレッチやらを済ませる。

師匠に付き合ってもらい、軽く剣の打ち合いもして会場に向かう。控室では対戦表が張り出されていた。

「どうやら、一回戦から優勝候補か」

流石主人公である俺だ。一回戦から相手が濃い。やっぱりこうでなくちゃね。簡単に勝ち上がるのじゃ面白くない。だけど、相手も可哀そうだな。相手が主人公であるこの俺じゃ、負けるのは確定みたいなものだ。

だいたいこういう大会では何だかんだ主人公が勝ち上がってしまうのはあるあるだよ。

そう思って、一回戦の為に闘技場に向かう。観客席には沢山の人が居て。わぁわぁうるさいくらいに盛り上がっている。

さーてと、去年の優勝候補の実力を見せてもらうとしますか！！！

戦闘開始!!

先ずは手始めに剣を振ってみたが、ガードされた。ふーん、やるじゃん。俺は相手の風の魔術で吹っ飛ばされて、腹にも拳を入れられた。

ふむ、僅かに血の味がするが……よくあることだな、いつも訓練も血を吐くくらいやっているし、主人公は傷つくのがあるあるだからな。

「ふっ、初戦が僕とは君も不幸だな」

「……不幸か……フッ、そうか、俺を不幸と言ったか？」

「なに？」

馬鹿だな、不幸はお前だよ。なんだかんだで所詮は主人公が勝つって相場は決まってるからね？　相手が優勝候補だろうが何だろうが勝つのは俺なんだよ。主人公補正ってやつが働くのさ!!

しかし、相手も結構強いな……今の俺よりもかなり……もしかして主人公覚醒イベントも兼ねているのか？

それなら納得だ。以前はトゥルーとの戦闘を勘違いしてしまったが今回こそ覚醒イベントだろう！！！

よーし、だとすればこのまま諦めずに特攻するのに限るな!!　必死に諦めない俺に唐突に謎の光が!?　そして、俺覚醒!!　シナリオは決まったな!!

何度も何度も吹っ飛ばされるが俺は諦めないぞ!!　さぁさぁさぁ!!　是非俺をもっと追

い込んでくれ!!

去年の優勝候補よ!!　俺をもっと痛めつけて、覚醒イベントを呼び込むのだ。やっぱりギリギリのギリギリに覚醒するのが主人公あるあるだからさ。

もっと追い込んでほしいよ!!　殺しちゃうんじゃない？　くらいが丁度いいからさ！！！

そう思って何度も特攻した。何度も吹っ飛ばされるが……同時に俺は楽しさに満ち溢れていた。

俺は昔からこういう主人公が好きだったからな。いざ自分が憧れの状態になっているとなると楽しいのだ。トゥルーの時もそうだが理不尽にやられているときに諦めないって、カッコいい!!

昔、少年誌とかの漫画を見てた時もそうだ。俺もこうなりたいって思って、感動したな。俺も誰かに感動を与えたいとも思った。

はッ！！！　この会場には主人公である俺の雄姿を見ている子供達がいる!!　きっと俺の姿を見て、過去の俺のように感動をしているんだろうなぁ。

そんな事を思ってたら、相手がギブアップ宣言をした。なんだよ……、覚醒イベントじゃ……無かったのか……。

散々吹っ飛ばされて体力が残っていなかったのか。俺は眠りについてしまったのだ。

「びぇっぇぇん!!」

「ママぁ、怖いよぉ!」

「うぇぇぇぇぇ!!! あのお兄ちゃん怖いよぉぉぉぉ!!!」

ふふ、意識があんまりないから分からないが……泣くほど子供たちは俺の雄姿に感動したらしいな。嘗ての俺のように……さて、一旦お休み……。

……そして、おはよう。

「フェイ君! もう、無茶しないでください!!」

「あぁ」

起きるとユルル師匠にめっちゃ怒られた。話を聞くと、どうやら三時間ほど寝てしまっていたらしい。そして、大会も終わっているらしく、優勝はアーサー、準優勝はトゥルー、三位はボウランらしい。

おい、主人公である俺より目立つんじゃない……いや、そう言えばいつもアーサーは俺よりも目立つことが多いような。優勝はアーサーか。まさかとは思うが奴が本当の主人公……?

「フェイ君、無理をしたのは凄く怒ります! でも、頑張っている貴方は誰よりもカッコよかったです！」

ふっ。俺としたことが何を迷っているのか。主人公は俺だ。師匠がこんなにも褒めてくれるしな。それに一番カッコよかったのだから、主人公は俺だろう、うんうん。

「それと、フェイ君にファンが出来たらしいですよ」

「ほう」

やはり、そうだろうな。あの子供達も泣くほど感動をしていたくらいだ。俺の試合でファンになる人も多そうだ。

「カードも作ってくれたみたいです」

「カード……」

フェイ　性別男性

筋力Ｂ　知力Ｄ　俊敏Ｄ　精神ＳＳＳ

絶対にあきらめない。不屈の男。ゾンビのように何度も蘇り、相手に向かっていく鋼のような精神を併せ持っている。一回戦で優勝候補を倒した後、気絶をしてしまった。その為、他試合の時間に間に合わず棄権。だが来年のトーナメントに期待。

・武器
ロングソード、格闘術
・魔術適性
無し
・見た目
黒髪に黒目。目つき悪いが意外と優しそう

ふむ、俺の全身の絵も書いてある。なるほどね。

「そうか」

「はい！　でも、本当にこれ以上無茶はダメですよ！　約束です！」

「あぁ」

ユルル師匠は俺のカードを大事そうに持って、ついでに俺にハグをしてくれた。よくやったと褒めてくれているのだろう。

さーてと、明日からも無茶な訓練頑張るか!!

第十一話　マリアとリリア

虫食いのように、記憶が所々空いている。思い出せない。でも、その忘れている記憶が恐怖である事は分かる。

それが、◆リアを殺しかけた記憶なのを覚えている。

私の母は金髪……であったような気がする。赤ん坊のころに抱っこしてもらった。母は何処にでもいるような普通の人であった気がする。

でも、実際私の母は赤髪であったのだ。綺麗な赤い髪をしており、同時に普通とはほど遠い聖騎士でもあった。

私は村娘であった。普通に育って、魔術適性があって剣術の才能があった。そして、母を逢魔生体（アビス）に殺されてその恨みを晴らすために聖騎士に成った。

そう、そのはずなのだ。でも、自分を見失う事がある。記憶に疑惑を持ってしまう事がある。私は、だれ、だっけ？

私は◆リア……？　それとも◆リア……？

◆

都市ネッドでトーナメントが終わってから数日が経った。その日、アーサーが王都ブリタニアを歩いているとフェイを見つけた。

「あれ、フェイなにしてるの？」

「アーサーか」

任務も訓練も何もない日。雑貨屋にフェイの姿があった。彼の首にはユルルからプレゼントされた手作りの赤いマフラーが巻かれている。アーサーは珍しいと思った、フェイが訓練をしないで王都を歩いているからだ。

さらに手には花の髪飾りが二つ握られている。益々珍しい。

「それ、女の子が付ける髪飾り？」

「……そうだな」

「フェイが付けるなら黒い奴の方が」

「戯け。俺ではない。マリアのだ」

「あ、そっちか。孤児院の人だっけ？」

「あぁ、どうでもいいが、もうすぐ誕生日らしいからな。俺は恩には恩を返す。それだけの為に買うことにした」

「赤と青い髪飾り二つ買うの？」

「……《何となくだが、マリアには二つ、二種類の髪飾りを買うべきだと感じた》」

「そっか」

「俺はこれを買ったらもう行く」

「そ……またね」

フェイはアーサーに返事をせずに二つの髪飾りを買うとその場を去った。冬が本格的になり寒くなっているが、フェイがいなくなったことでアーサーはより寒さを感じた。

◆

とある村に一人の少女がいた。その少女がいた村はとても平和な村だった。もうその少女のいた村は無くなってしまっているが、確かに存在していたのだ。

その村に住んでいた少女の名前は、《リリア》。容姿に恵まれ、お花が大好きな普通の少女であった。父は物心ついたときからおらず、母だけが彼女の知る親であった。

リリアの母親は彼女と同じように、綺麗な金髪が特徴で優しそうな顔をしている美人であり村でも慕われていた。リリアにとって村も母も大好きで大切な存在であった。

小さい時から幸せな生活をしていたがそれは唐突に壊れてしまった。リリアが八歳の時だ。

とある日の夜。何か大きな物音がして、リリアは目覚めた。彼女だけではない。彼女の母も村にいる全ての住人も異様な物音に気付いた。

しかし、その時にはもう遅かった。異様な物音は魔物の群れだったのだ。狼のような見た目のハウンドという魔物、巨大な蛇のような魔物、大型の鷹のような魔物、沢山いた。それらが急に集団となって彼女達の村を襲ったのだ。

「きゃあぁぁぁぁあ」

「た、助け――」

悲鳴がリリアの耳にこびりつくように聞こえた。村の住人が次々と魔物に殺されていたのだ。大きな爪で腹部を割かれ、頭を潰され、足を切られ。吐き気を抑えながらリリアは震えていた。

「リリア……ここに隠れていなさい」

「お母さんは……」

「私は囮(おとり)になるわ」

「そんな」

「あの魔物は何らかの意思を持っている、普通はあんな別種族で徒党を組んだりはしないわ。きっとどこかで指示を出している者がいるはず……」

「お、お母さん。行かないで」

「リリア、ごめんね」

リリアの母親は彼女を家の押し入れに押し込んだ。そして、最後にリリアの頭を撫でて、その場を去った。

リリアは母親に隠れていなさいと言われ、その通りにした。きっといつかまた会えるのだと自分に言い聞かせながら……。


日が明けた。隠れていた場所から外に出ると村は血で染まっていた。

「あーれー？　おかしいなぁ？　生き残ってる子がいるぞぉ？」

不気味で高い女性の声がリリアの耳に響いた。振り向くと茶色の髪、それに赤い眼をした不気味な女が立っていた。

リリアは一瞬で悟った。この人が昨日、魔物を誘って自分たちの村を襲ったのだと……。

「せっかくだし、私が飼おうかな？　いい悲鳴で鳴く魔物はこの間殺しちゃったし……」

そう言ってその女性はリリアを捕まえた。

その女性は嗤いながら、リリアをとある山小屋に監禁した。

それからは地獄だった。毎日、ゲスな女性による拷問が繰り返された。泣き叫んでも、助けを呼んでも、繰り返される痛みの連鎖。

ずっとずっと、地獄、地獄、地獄、一生分とも言える地獄を彼女は味わった。その間にリリアという少女の精神はドンドン擦り減っていった。

精神は拷問の毎日で徐々に虚無になっていく。感情が消えていく。

もう助かることなど諦めて、リリアという少女は一度、死にかけた。

――聖杯歴三千十七年、リリアが十二歳になった時の話である。とある聖騎士が唐突に彼女を見つけた。赤髪の女の聖騎士だ。

マーガレットという名で彼女は、とある犯罪者を追っていた。魔物を使って人や村を襲っては金品を奪う特徴などがある女、名をテラーという。マーガレットはずっとテラーを追っていた。

その時に見つけることが出来た。とある山小屋を……彼女はテラーを斬って、リリアを助けた。

――マーガレットはテラーの顔を覚え、それを絵にかき、似顔絵を作った。顔が割れてから、テラーの犯罪はぱったりと消えた。

だが、テラーの爪痕は残っていた。何年も拷問を受けたリリアはもう虚ろな存在になってしまっていた。時折パニックになり、嘔吐や嗚咽(おえつ)を繰り返し、普通に生きられるような状態ではなくなってしまった。

マーガレットは身寄りのないリリアを引き取っていた。リリアを育てていたが、彼女の心理状態は極限まで傷ついていたのだ。それを見かねたマーガレットは彼女に自身の魔眼によって暗示をかけた。

――リリアという少女など最初からいなかった。貴方はマリア、マーガレットの娘でずっと二人で生きてきたのだ。

強い強い暗示だ。一日ではなく、何日も、何週間も、何か月も彼女にその暗示をかけ続けた。それにより恐怖も、昔にあった幸福も全てがリセットされた。これによってマリアは正気を取り戻し、普通の村娘へと戻ったのだ。

そして、マーガレットはマリアの本当の母になろうと聖騎士を辞めてとある村に二人で一緒に住むことにした。

「……マリア」

「なーに？　お母さん」

「私は……いえ、なんでもないわ。マリアがいい子に育ってくれて本当に嬉しいわ。ずっと一緒にいましょうね」

「うん！」

幸せな日常が続いていた。マーガレットも本当の娘、いやそれ以上の存在であると感じて、ずっと愛すと誓った。夜には本を一緒に読み、休日には一緒に花の絵を描き、偶には外食もして一生懸命に彼女の母になろうとした。

無慈悲にも再びその平穏は崩れることになった。逢魔生体（アビス）によってマーガレットが死んだ。村ごと全部が無くなった。再び全てを持っていかれた。

その恨みがどれほどのモノであったのか、想像できないだろう。マリアは覚えてはいないがリリアの時に蓄積されていた恨み、憎しみ、怒り、そして、今尚、記憶に焼き付いた全てを逢魔生体（アビス）に持っていかれたマリアの全てを喰われた怒り。

彼女は復讐者（アベンジャー）になるしかなかった。なるべくして彼女は復讐者（アベンジャー）の道を辿ることになった。

聖騎士に成ってからは何度も何度も死にかけて、何度も何度も逢魔生体（アビス）を殺してもその怒りは収まらず、逢魔生体（アビス）の数は減らない、復讐は成し遂げられない。

――焦りと怒りだけの生活だったが、マリアが聖騎士として助けた子達の笑顔で彼女は僅かに救われた。

彼女は復讐の炎を鎮火させたいとどこかで感じていたのだ。心がもう限界で疲れてもいた。だから、孤児院を作った。不幸な子供を集めて偽善で彼女は救い続けた。

幸せな生活、可愛い子供たちの笑顔で鎮火していく炎。

復讐をやめる為に子供を利用していると苛まれながら。それでも徐々に炎は無くなっていった。

そう、これで終われば良かったのかもしれない。だが、これで終わるはずがない。

鬱ノベルゲーはここで終わらない。残酷な運命が彼女に迫っていた。彼女の誕生日、そこで全てをまた失うことになる。

◆

マリアの誕生日がやってきた。前日から孤児院の子供たちはそれぞれに母親のような大事な存在である彼女の為に誕生会の準備をする。

しかし、そんな日に、聖騎士であるトゥルーには任務の話が来ていた。

任務内容は単純な魔物討伐。ノベルゲーのシナリオでもマリアの誕生日にトゥルーには任務が回ってきていた。

ゲームでもトゥルーにはこの状況下で選択肢が現れるのだ。

『マリアの誕生日だけど、今日は任務だ。この間頑張ると決めたばかりじゃないか。マリアも分かってくれる』

『聖騎士としてもう一度頑張ると誓ったが、今日はマリアの誕生日だ』

本来のゲームの時間軸では初任務で逢魔生体(アビス)に遭遇し、仲間を失ってしまう。それをアーサーに励ましてもらい、頑張ると決めた直後である。だが、現実はフェイがトゥルーに叱咤をかけて若干変わってしまっている。

だが、マリアの誕生日に任務に行くか、それとも今日は残るか。その選択肢は変わっていない。

ここは鬱ノベルゲーの世界、一個の選択肢が大きく人生を変えてしまうのだ。

もし前者を選んだのならマリアは死ぬ。そして、トゥルーは再び鬱状態になりゲームは進む。しかし、後者を選んだ場合はヒロインマリアのルートに進み、物語はエンド分岐をして終わる。

『円卓英雄記』の主人公であるトゥルーの選ぶ決断は……。

「今日は、僕は……アイツに負けてられないからな。任務に行くか……」

トゥルーの頭の中にはフェイの背中があった。先日フェイに背中を蹴られ、更には戦士トーナメントで彼の雄姿を見てから、トゥルーは聖騎士の任務に対してやる気に満ち溢れていたのだ。

トゥルーは任務に行くことを選んだ。だが、この状況ではそれしか無かったともいえるだろう。ゲームでも大体のプレイヤーはアーサーに元気付けてもらった後だから頑張って任務に行くだろうと考える。

トゥルーは任務に行くことを選んだ。朝早くに身支度を手早く済ませて、彼は孤児院を出発した。

——原作主人公がいない孤児院。

朝早く、レレがフェイに話しかけた。

「ねぇ、ふぇい」

「なんだ」

「きょうはぼくとまりあのたんじょうかいのじゅんびして」

「俺が？」

「うん、きょうだけはして！」

「……仕方あるまい」

「そういえば、まりあは？」

「さぁな」

「まりあたまにさびしそうだから、きょうはいっしょにいてあげてね、ふぇいがいっしょだとすごいまりあうれしそう」

「……」

「いまもきっとひとりだからよんできて」

レレに誘われ、フェイは今日は何処にもいかない事を選んだ。元から彼はなんだかんだ言って誕生会に残るつもりではあったが……徐々に歯車が狂っていく。

マリアに終わりが迫りつつあった。いや、終わり（フェイ）に終わりが迫りつつあったという方が正しいのかもしれない。

◆

マリアは朝から孤児院にある聖堂に足を運んでいた。どうして、朝早くからお祈りをしてるのかは彼女自身も分からない。彼女はシスターであり、祈りは毎日捧げている。

だが、神に等しい聖杯に祈る時間ではない。いつもとは違う時間帯に聖杯に祈る自分に首を傾げる。

（誕生日だから、浮足立っている？　いやでも、そんな年でもないし……）

自身の誕生日。これで彼女は二十六歳になってしまった。もう、嘗ての同期には結婚して子供がいる者も多い。

だが、彼女はそういったこととは縁がない。孤児院の子達は可愛い。しかし、運命の人と愛し合うということにもひそかに憧れていた。自身の年を気にかけているのは本当だが、こんなにも動揺する彼女でもなかった。

（……私は、どうして……ここに……何か嫌な予感がするから？）

彼女自身にも謎であった。ただ、何となく一人になりたかっただけなのかもしれない。それとももっと別の不安が心にあるからかもしれない。

（私は、もう復讐をしたいとは思っていない……子供たちの愛情や笑顔を水のようにして、炎に向けているからかな……）

（子供たちの笑顔に救われたのは本当だけど……私はただ、利用して……今日も誕生日を祝ってくれている子供たちを騙して……）

（フェイ……貴方には復讐に染まり続ける生き方はさせたくない……）

聖堂でただ一人。彼女はフェイを思っていた。まだ朝だというのに夜のように気持ちは暗かった。

何だか、彼女には嫌な予感がしていた。何度も何度も味わったような、抉（えぐ）るような、身に覚えのない記憶の痛み。

母マーガレットを失った時のような喪失感。あれが、少しづつ蘇ってきている。一度しかそれを味わっていないはずなのに、一体何度味わえば良いのかという怒りが自然と湧いてきている。

マリアは安定しない精神を抑えたかった。

何度も溜息を吐く。きっと今自分は暗い顔をしていると彼女は感じて、パチパチと顔を叩く。そして、気合を入れて子供たちの元へ――。

「久しぶりー。リリアちゃーん」

「――ッ」

彼女の体が震えた。唐突に響いた、その女の声を知っているような気がした。知らないはずなのに。恐る恐る振り返る。

全く知らない顔であった。聖堂のとある席に座ってマリアを見ている。茶色の髪に赤い目が特徴的な女性であるがマリアの知らない顔だった。

「あ、顔を変えたんだ、分からなくて当然だよーね？」

「……」

「うん？　まさか、覚えていないなんて言わないでしょー？　いや、その顔は本当に知らないように見えるけど……あれれー？　リリアちゃん、私のこと忘れちゃったのかな？」

「……誰」

「どういうことー？　おかしいぞー？　どう考えても忘れられるような事をしたつもりはないいんだけどねー」

「え？」

「まぁ、いいやぁ。ねぇねぇ、リリアちゃん。また、悲鳴聞かせてよ、ナイフで刺した時のとびっきりのやつ！」

「——あ」

眼の前の女性のその言葉、嫌悪感しかない薄ら笑い。吐き気のするような高い声。記憶が、リリアが蘇りつつあった。

「指名手配されちゃったからさー。顔を変えて色々渡り歩いたんだー、私はさー、ずっっとあなたを探していたのー。あの恐怖の顔。あれが堪らなくて、あなたの悲鳴に勝る興奮感と幸福は無かったー!!」

「い、や……」

リリアの恐怖の声が漏れる。逃げるように彼女が一歩後ずさると、テラーは歩きながら彼女に近づく。

「迎えに来たよ。私と一緒に何処までも行こうー！　実はね、今朝この王都から去ろうとしてたんだけど、あなたを見つけちゃったのぉ!!　嬉しかったよ、やはり私達は相性ばっちり！！！」

朝、マリアは洗濯物を干したり、庭の整備をしたりする。その時に彼女はテラーに見つかってしまった。

「……や、めて、帰って」

「言う事を聞いてよー。遠くから一人になる所を狙ってたんだ。早くしないと他の孤児達に気づかれてしまう。もしかして、孤児たちの前で、悲鳴の歌を歌いたいわけー？」

「……ひっ」

リリアは腰を抜かした。足がすくんで、動かない。

「早くしてよ、でないと……孤児全員ぶっ殺しちゃうぞ？」

「……お、ねがい、それだけは、やめて」

「うん。じゃあ私と一緒に行こう。また、あの小屋で沢山、一緒に歌を歌おうー!!」

「あ、あ、いや……やめて、ひどい、こと、しないで」

「孤児全員血まみれの姿が見たいならそれでもいいけど？」

「……、あ、いやだ、やめて」

「あぁ、その顔が見たかった。同じようなことをしてもー？　リリアちゃんより、いい子は居なかったのよねぇ？」

興奮して女の息が上がっていた。倒れている彼女にテラーは覆いかぶさって、ナイフを一本出した。彼女は興奮で眼が血走っていた。そして、上から笑っていた。

反対にリリアには涙と恐怖しかなかった。

「やっぱり、ここで悲鳴の唄を聞かせてもらおうかな？　孤児院の子達も聞きたいんじゃない？　あなたの、とびっきりの悲鳴ってやつ！　先ずは爪を剥ごうか！　あと、指とかも潰しちゃおうっかな？」

「いやだ、やめてください、おねがい、します……ほんとうに、それだけはいやだ、やめて、おねがい、ごめんなさい、あやまるから、やめて、おねがい、やめてください、おねがい、おねがい。痛いのはいやです、お願い、もう、刺さないでください……痛くて、痛くて、悲しくなっちゃうから」

「最高ッ。あなたをもう一回見つけられて――」

――マリアに覆いかぶさっていたテラーは直後、腹を蹴られた。聖堂内を吹き飛び、床を転がる。

「――どうやら、招待状もない者が誕生会に来たらしい」

いつもと同じ声。ただ、僅かに怒気を含んだ彼の声は自然と聖堂内に響き渡った。眼をいつもよりも鋭くしてその男は立っていた。

「ふぇい……」

「……下がれ。お前の客じゃない、俺の客だ」

吹き飛ばされた方からテラーが再び歩み寄る。不快感を露わにしてフェイを見た。

「あなたはだーれ？　って言うか、リリアちゃんと私の邪魔をしないでくれないかなぁ？　いい所なんだけど」

「ふっ、物事を理解し話すという行為が出来ていないお前の頼みなど断る一択だ。だが、代わりに俺がお前と戯れてやる。来い、格の違いを教えてやる」

「……あまりこの王都で大事にはしたくないんだけどー？　まぁ、あなたを殺して彼女を連れ去るくらい出来るかな!!」

そう言ってナイフを抜いてフェイに迫る。星元(アート)による身体強化で一気に距離を詰め、そのナイフがフェイに牙をむく。

その速度はフェイよりも速い。だが、積み上げた経験から一瞬で軌道を読んでフェイは手首を掴む。

「へー、やるね。ただ、星元(アート)による身体強化が随分と不格好みたいだ」

「……」

「魔術で焼き払っても良いんだけど……今はリリアちゃんを傷つけたくないし、大きな音を立てると聖騎士が寄ってきちゃうかもだし……まぁ、関係ないか。だって、貴方程度なら属性使わずに勝てるからさッ」

手首を振り払い再びナイフを振る。テラーはこの戦闘を手早く済ませたい。顔を変えて、王都に潜入しているが、騒ぎが起きて顔が再び指名手配として晒されるのは避けたいからである。

即座に殺して、リリアだけを持って帰りたい。その言葉通り彼女は殺す気でナイフを振る。胸や、脳がある場所に的確にナイフの軌道を彼女は持ってくる。一瞬で勝負をつけたいから、一瞬で絶命を狙える場所に軌道を合わせるのは不思議な事ではない。

戦士として彼女は修羅場を何度も潜っており、その攻撃は鋭い。それを不格好な星元(アート)の身体強化で応戦する。

これがトゥルーであれば手早く応戦し、魔術で身体強化して取り押さえ出来ただろうが、フェイにはそれが出来ない。

ひたすらにナイフを捌く捌く捌く捌く。ナイフの軌道を逸らして致命傷に至らないように立ち回る。だが、軌道をずらしても、攻撃全ては避けられず徐々に目の下、腕、胸に少しずつかすった傷が出来ていく。

その姿を見て、リリアは悲痛な声を上げた。

「ふぇい……やめて、もう、いいから、しんじゃうよぉ……」

「……引けない。ここで引いたら俺は死んだも同じだ」

「美しい親子愛ってやつかしらー？　理解できないけど！」

ナイフがもっと鋭く振られ、同時にフェイの剣を振るスピードが速くなる。だが、更に捌ききれなくなって左肩に鈍い音が。血が布の服に染みこんでいく。

「あー、あなた筋は良いけど星元（アート）強化が不格好だからそうなっちゃうのよねぇ？　覚悟は認めるけど、覚悟だけでは、私には勝てないってことよぉ？　だから、ここで引いたら見逃してあげても良いけど」

「まさか。これで終わるとでも？」

「あなた、変わり者ねー？」

「貴様だけには言われたくないがな」

　フェイの左肩から流れる血。だが、それを何事も無いようにフェイは振る舞った。血が流れていくごとに彼は不利になっていく。血が流れて、出血多量になり過ぎると死んでしまう可能性もある。そして、その状態で追い打ちのように右肩にもナイフが刺さる。

　血が、流れていく。床に徐々に血が滴り落ちていく。

　ナイフの速さにフェイは徐々に対応が出来なくなっている。星元（アート）操作が上手くいっていない事、血が足りなくなっている事が積み重なっていく。

「いや、凄いわぇ。よくそれほどの血が出て立てるものよねぇ？　でも、もう――」

「――ッ」

ここまで、戦闘時間僅か二分足らず。だが、既に満身創痍であったフェイが初めて攻めた。左腕を振って殴る。

（馬鹿ねぇ？）

女はそう思った。眼の前の男は焦ったのだ。勝てないからと大振りをした。先ほどからずっとコンパクトにただ守っていたから二分弱もの間、自身の相手が出来たのにそれを捨てた。

故に、フェイは隙を作った。胴をがら空きに。鋭いナイフがフェイの腹元に刺さった。

赤い染みが服全体に広がる。

「ふぇ、ふぇい……いやぁ、なんで、なんでいつも、うばわれるの」

「よーし、リリアちゃん。早く行こうかし……ッ!?」

腹部に刺さっているナイフが抜けなかった。そして、次の瞬間、手首を握りつぶされた。

フェイが星元（アート）を右手一本に溜めていたのだ。

一瞬で一か所に集めるなどという芸当は今まで彼には出来なかった。だから、徐々に右腕に集めていった。そして、腹部を刺してくるだろうと予見し、あえて刺させて油断させた。出血も多量、そもそも格下である、故にこれで終わりだと。テラーはそう思った。だが、それこそ狙い。フェイはそこら辺の聖騎士とは違う。実力はまだまだだが、覚悟と精神力だけは群を抜いている。

星元（アート）を切りかけた女の手首を自身の全力の右手で潰した。

フェイの星元（アート）操作は最悪で、十あれば十の力を完全に引き出せない程に不格好。右手に集めても、女の身体強化に一歩及ばない。だから、やられて安心感を得させて強化を切るように仕向けた。

「あぁぁぁぁぁ！！！」

「……」

手首を潰され悲鳴を上げる女と、腹部と両肩をナイフで深く刺されても一切顔に出さない狂人。覚悟の重さが違った。そもそも比べるほどですらなかった。実力差が開いていたが、それを埋める為に命すらも引き合いに出したものが掴んだ、一瞬の隙。

カランとナイフが落ちる。手首が握り潰された事で女が悲鳴を上げる。そして、ナイフを一瞬で拾う。

（まさか、最初から実力差を見極めていた⁉　見極めていたからこそ、大振りやダメージ

を負って、私を油断させていた⁉）

（一歩間違えば自分が死ぬ可能性があるのに⁉　命を囮にするなんて、そんなふざけた芸当がただの子供にできて⁉）

テラーは初めて痛みを味わい、同時に恐怖を植え付けられた。死すらも容易に超えることをためらわない狂人。

彼は勝利を確信して尚、無表情であった。フェイの眼を見て、テラーは驚愕に染まった。彼の眼には一切の恐怖が無かったからだ。恐怖を植え付けてきた彼女は人の感情に敏感だった。最初は眼中にすらないフェイだったが極限の状態で彼女はフェイを無視することは出来ず、敵と認知し、初めて目を合わせた。

（なんなの、この、無は……痛みだって、恐怖だって、普通は誰でもあるはずでしょう⁉　なんで、死にかけても、そんな眼ができる⁉）

「あ、あなた……⁉　なにもの⁉」

「黙れ」

驚愕するテラーを差し置いて、流水のような流れる太刀捌きで彼女の両目を潰す。その瞬間に彼女は悲鳴を上げた。

「あぁぁぁあああああああああああああ！！！！、眼、眼がぁ！！！」

そのまま彼女の頭を両手で地面に叩きつけた。床に大きな亀裂が入るほどに思い切り叩きつけると、爆音が響きわたる。

一瞬の決着だった。

リリアはその様子に信じられないと彼に声をかける。

「ふぇい……」

「……俺の勝ちだ。誰だかは知らんがな。それよりお前は大丈夫か」

「ふぇい、ふぇいは……？」

「フッ、たかが両肩と腹部をささ、れ、た……」

彼女の安否が分かるとふらっとフェイの体が倒れる。そこでフェイは目の前が真っ暗になった。

◆

事の顛末はあっさりとしたものだった。マリアは大声すら出せぬほどに気力が無くなっていた。だが、恐怖で動かなくなった足の代わりに腕を使って、何とか孤児たちの元へ。

だが、彼女が孤児たちの元に行く必要もなく、というのもそもそもフェイがテラーを床に叩きつけた爆音で孤児たちは異変に気付いていたのだ。

既に孤児が状況に気づいて王都の人たちに報告していた。それはとんでもない大事となって、眼が無くなった女は、顔は変わっていたがテラーという名の犯罪者であったことが判明した。

顔を変えて王都に、犯罪者となった女が入り込んでいた。今回のような事が二度とないように、警備強化が呼びかけられた。

そして、意識不明の重体であるフェイは再び聖騎士エクターの元に運ばれ、看護されることになった。フェイは今、騎士団の医務室のベッドの上で傷の手当てをし終えて、眠りについていた。

『マリア』は直ぐにその場に駆け付けた。彼女はフェイの様態を気にかけているようで、エクターに聞いた。

「あの、エクターさん、フェイは」

「うーん、孤児院でポーションをある程度使って応急処置をしてたから大丈夫そうだけど……もし、応急処置してなかったら確実に死んでたね。血が出過ぎ。よくもまぁ、そんな戦法を思いついたもんだ」

「……私のせいなんです」

「いやいや、君はただの被害者だろう。それに、彼もこうやって命が助かってるからいいじゃないか」

「で、でも目覚めていない」

「こればっかりはね。何とも言えないな。傷は塞いでるけど、血が足りてないだろうし。目覚めるのはもうちょっと先かもね」

「……」

「大丈夫さ、僕を信じたまえ。何だか彼はここの常連になりそうだから、きっと助かって何度もここに運ばれる感じになるさ」

気楽にハハっと笑うエクター。反対にマリアは未だに顔が暗いままだ。そんな彼女にエクターは話を変えるようにフェイに僅かに触れる。

「しかし、この子は一体何者なんだい？　明らかに精神が普通ではない気がする。経歴を聞いても良いかな？」

「私が、悪いんです……この子をずっとほったらかしに」

「いや、それは違うと思うけど……というか絶対違う。稀にいるんだよね。こういったイレギュラーが……普通の生態系から外れた番外の存在とでも言えば良いのかな。こんな存在は普通現れない」

「だ、だから私が」

「《己惚れるなよ》、マリア。君程度のさじ加減でこんな存在が生まれるはずないんだ」

「――ッ」

視線を鋭くしたエクター。彼女にとってフェイという存在はマリア如きの不手際で生まれるはずがないと格付けされるほどのイレギュラーであった。

「何度聞いて信じられなかった。自分の命を囮にして敵を倒す。死という恐怖の超越……そんな簡単に出来るはずがないんだ。この子は君がおかしくしたんじゃない。元からそんな素質があったんだ。僕達が理解できるようなものではない異次元の価値観と価値基準。あり得ない程に逸脱した精神。この子は普通じゃない。君程度がどうこう言える存在じゃないんだ。分かったかい？」

「……」

「分かったら卑屈になることは止めて、彼の眼が覚めるのを――」

――エクターの言葉の途中でフェイの眼がゆっくり開いた。

「フェイ！」

目を覚ましたフェイにマリアは抱き着いた。フェイは僅かに寝ぼけているようで、ぼぉっと天井を見ている。

「知らない天井だ……」

「エクターさんの医療室よ」

「あいつは？」

「捕まったわ。フェイのおかげよ」

「そうか……俺は何日位寝ていた？」

「四時間よ」

「……そうか」

少しだけ、気まずそうにフェイはそう言って起き上がる。エクターはそれを見てまたしても驚きの表情をする。

「驚いたな……目覚めるのが早すぎる。僕の見立てでは今の時間の倍はかかると思ってたんだけど」

「大したことではない。ただ眼が覚めた、それだけだ」

「随分と落ち着いているね。君、死にかけたんだぜ？」

「……かもな。だが、俺は生きている。俺がその結果を選んでこの手で掴みとったのだ。この事実に一々驚くことはない。それにもう、過去の事だ。俺は先に進む」

「……そうかい」

エクターは興味ありげな視線をフェイに向けていた。医者であると同時に研究者でもある彼女にとってフェイは魅力的な研究対象に見えているのかもしれない。

「フェイ……ごめんね」

「気にするな。お前が気に病む必要はない。俺があれを選んだ、それだけだ」

「彼の言う通りだぜマリアちゃん。それに、君が彼に言うべき言葉はそれではない気がするけど」

マリアはフェイをまっすぐ見て、再び抱き寄せた。

「……ありがとう」

「気にするな」

彼はそう言った。本当に気にしてない。これは俺が選んだのだから。当たり前だと言わんばかりだった。

「あ、そう言えば君のズボンにこんなのが入っていたんだけど」

エクターが思い出したと言わんばかりにフェイに紙袋を渡した。血が染み込んでしまっている何かが入った紙袋。

「あぁ、そうだったな。これをお前にやる」

「……これって」

「……察しろ」

「私の誕生日プレゼント……？」

「……」

フェイは無言だった。そして、気まずそうにそっぽを向いていた。マリアはそれを肯定であると受け取った。

「開けて良い？」

「勝手にしろ、それは既にお前の手にある。お前のモノだ」

マリアは紙袋を開けた、その中には綺麗な赤と青、それぞれ一つずつ花の髪飾りが入っていた。

「……ありがとう。フェイ。大切にするわ」

「……勝手にしろ。どうするのもお前の勝手だ」

「いやいや、これは綺麗だね。赤と青一つずつとは」

「確かに。でもどっちか一つで良かったのに。これ、結構お値段するでしょ？」

「……一つではいけないと思った」

「――――え？」

フェイがマリア（リリア）の眼を見た。

「《何故か分からんが、お前には二種類の髪飾り。二つ何かを送るべきだと思った。それだけだ》」

　一体全体彼は何を言っているんだろうと一瞬、疑問が湧いた。だが、彼女の眼からは、大粒の涙が溢れた。

「そっかぁ、そうなんだぁ……ありがとう。私（わたし）に、気づいてくれて。本当に、ありがとう。フェイ（ふぇい）」

「泣くほど嬉しかったのかい？　僕も買ってあげようか？」

「いえ、そういうことではなくて……私も何て言えば良いのか分からないんだけど、でも、嬉しい」

　フェイは礼を言われて、そうかといつも通りの反応をする。マリア（リリア）は嬉しかった。フェイがマリア（リリア）に気づいてくれたことが。今まで誰一人としてそれに気づいた者は居なかった。でも、無意識でも彼は気付いていてくれていたのだ。

「本当にありがとう。付けて良いかな？」

「勝手にしろ」

『マリア』は《赤の花》の髪飾りを付けた。

「似合う？」

「さぁな」

「もう、意地悪ね」

「僕は似合うと思うぜ？　青の方も付けたらどうだい？」

「これは、また後日に」

「そうかい」

二人が話し込んでいるとフェイが立ち上がった。もう帰るということらしい。それをマリアは察した。

「帰るのかい？　今日一日はここにいた方が」

「不要だ。それに、レレに頼まれているのでな」

「何をだい？」

「そこの女の誕生会の準備だ」

「本当に君は謎だね。実に興味深い」

そういって、エクターはニヤリと笑みを浮かべる。フェイとマリアは医療室を出て、孤児院に向っていく。

「ねぇ、フェイ」

「なんだ？」

「ありがとう」

「……くどい。もう良いと言っている」

「でも、私、貴方に何度も言いたいわ」

「そうか。だが、もうそれ以上はいらん」

「もう、もっとどういたしましてとか言ってほしいのに」

「……」

「あ、もうまた無視。冷たいな……ねぇ」

「……なんだ？」

「手、繋いでもいいかな？」

「……今日だけは貴様が主役だ。仕方ない」

「ありがとう」

彼女はフェイの手を握った。彼からすればなんてことない戯言なのだろう。だが、彼女にとっては……。

ずっとこの手を、と思わずにはいられない程に嬉しかった。

◆

マリアの誕生会は盛大に行われた。色々と事件が起きたがそれも無事解決し、食堂も飾りで華やかに。フェイは相変わらず一人で端っこで腕を組んでいたが、誕生会にはちゃんと出席した。

どんちゃん騒ぎで終えた誕生会。そして、次の日。また早朝フェイは早起きして、訓練に向かう。

「あ、ふぇい。もう、行くの？」

「あぁ」

「昨日はあんなに騒いだのに今日くらい」

「関係ない。俺にとって訓練はどんなときでもどんな状況でも欠かせない」

「そっか」

フェイが孤児院から出ていこうとすると入口にいつもの見慣れた金髪のシスターが立っていた。彼女はフェイを見送る為にわざわざ立っていたのだ。

──彼女の髪には《青の花》の髪飾りが添えられている。

「ふぇい、朝ごはんは？」

「俺の師が作るだろう」

「……そっか。偶にはここで食べてね？」

「覚えておこう」

「ねぇ」

「なんだ？」

「いってらっしゃいのハグしていい？」

「……なぜ？」

「わたし、主役だから」

「もう終わったはずだ」

「いいでしょ」

そう言って少女(リリア)はフェイに抱き着いた。数十秒、それを終えたら首筋から手を離す。

「ではな」

顔色一つ変えずに、フェイは彼女の元を去った。

「いってらっしゃい」

フェイと反対にリリアの顔は熱を帯びていた。

◆

マリアを呼びに行ったら、明らかなクソがマリアを襲おうとしていた。そうはさせんと俺は華麗に参戦。

だが、コイツ強い。

クソ、だが、俺は負けないぜ？　だって、主人公だもの。後ろにヒロイン疑惑のマリアが居て守るような状況。ここで負けるはずないよね？

だって、主人公だもの。

しかし、どうしたものか。あ、そうだ。逢魔生体(アビス)の時の手を使ってやろう。ユルル師匠直伝奥義、一発やられて一発返す戦法だ!!

敢えて大振りをするぜ。すると女が狙い通りに腹にナイフを刺す。

かかったな！　馬鹿が！！！

相手に一発敢えて、俺に致命傷を与えさせて油断をさせて、その上で俺が叩き潰す！！

もしかして、これが必勝パターンになるのかな？　うっ、腹が痛い。だが、クール系は腹が痛いのを耐えるのだ。

それに主人公だしね。腹に穴が開くのは普通でしょ。クソ強メンタルなので驚きません。

腹に穴が開くのは基本。主人公は鬼メンタルなので動じません。

ナイフで相手の眼をスパッと切るぜ。

現代日本人の倫理観がどっかに行ってしまっている気がするが……まぁ、こういう状況だしね。ファンタジー主人公に現代倫理観は合わないでしょ。

そして、相手の頭を地面に叩きつける！！！！

本当は殺そうかなと思ったけどね、ここ孤児院だしね、小さい子がその光景見たらトラウマになっちゃいそうだし、頭叩きつけた方がまだね？　年齢的にも、見られてもダイジョブみたいな感じがする。

しかし、俺の勝ちだな。お前程度じゃ俺には勝てんよ。覚悟が違う。それと舐めプはダメよ？

そういう奴って大体負けるから。

しかし、中々の死闘だったな。マリアが無事でよかったぜ。

あれ？　意識が……遠く……。

まぁ、そりゃそうか。主人公だし、出血多量で倒れるのも割とよくある事だな。主人公は神メンタルですので出血多量であっても落ち着いています。出血多量で気絶っていうのもちょっと慣れてきてるし。

おやすみなさいー。


——俺は目覚めた。

「知らない天井だ……」

これを一回言ってみたかったんだよね。どうやらここはエクターさんの医療室らしい。俺絶対ここの常連になるだろうな。努力系主人公だしね。怪我とか沢山しそう。これからよろしくお願いいたします、エクター先生！

多分ですけど、めっちゃ通う事になりそうなので。マイベッド持参していいですか？

話を聞くとクソ女のアイツも捕まったらしいしハッピーエンド！

そう言えば俺ってどれくらい寝てたんだろう。死闘だったから三日くらいかな？

「そうか……俺は何日位寝ていた？」

「四時間よ」

「……そうか」

いや、恥ず笑。ただのお昼寝くらいですやん。数日単位で聞いたのに時間で返ってきたよ。一週間くらい寝込んでいるのかと思ったのだが。まぁ、主人公だからね、回復力も高いぜ!!

——色々話していると、ズボンの中の物の話になった。

え？　俺のズボンに何か入ってた？　あー、マリアの誕生日プレゼントだね。あげるよー、いつもありがとう……まぁ、クール系なんであんまり言葉にしないけど。

「あぁ、そうだったな。これをお前にやる」

あ、流石に翻訳されないよね。流石、クール系主人公である俺の翻訳機能。しっかり仕事してるな。

「いやいや、これは綺麗だね。赤と青一つずつとは」

「確かに。でもどっちか一つで良かったのに。これ、結構お値段するでしょ？」

「……一つではいけないと思った」

「――――え？」

「《何故か分からんが、お前には二種類の髪飾り。二つ何かを送るべきだと思った。それだけだ》」

以前マリアが何故か赤と青の花を両方、必ず植えるという話をした。

なんかの伏線ぽいなぁって思ってたから、折角だし赤と青の花飾り、両方あげようかなって思ったのだ。

あとは勘だな、何となくマリアには二つプレゼントするべきだと思ったんだよな。なんでか本当に分からんけど。

あと、何故か分からないがマリアって時々、料理の味付けが妙に変わったりするときがあるんだよなぁ？　子供っぽい甘い味になったり、同じ料理が二日連続出ても味が微妙に違ったりもしてたし。

孤児院の他の面子は気付かないようだけど、俺は気付いた。

他にも偶に雰囲気が急に子供っぽく変わったりもするし、そういう可愛い面がある。流石はヒロイン疑惑があるだけはある。

何というか、雰囲気が偶に変わってたりするのも魅力だし？　一つより二つあげて、日替わりで髪飾りをつけてもらった方が良いのかとも思った。

ようするに主人公補正、別名勘ってやつだな。何でかな？　二つあげるしかないって思ったんだな。

「そっかぁ、そうなんだぁ……ありがとう。私（わたし）に、気づいてくれて。本当に、ありがとう。フェイ（ふぇい）」

え、あ、うん。そんなに嬉しかったんだ……まぁ、プレゼントして泣かれた経験がないから何と反応していいか……。

マリア、俺のプレゼントに泣くなんて……良い人だな。人柄の良さが出てるよね。滲み出てる。

いつもと少し雰囲気違うけど……誕生日でテンション上がってるんだろうなぁ。

——帰りに手を握られた。やはり、マリアヒロインか？

どっかのパンダとは全然違うなー。

次の日、訓練に行こうと思ったらマリアにハグされた。

雰囲気いつもと違うけど……誕生日の次の日でテンション上がってるんだろうなぁ。

さーてと、俺も訓練頑張りますかね。

とある孤児院の朝のことである。いつものように孤児の子達が席に座り朝食を談笑しながら済ませている。

そんな中、主人公である俺は端っこでクールに朝食を食べていた。そして、俺の前で《青の花》の髪飾りをしているマリアとレレが一緒にご飯を食べている。

ユルル師匠が朝食を偶に作ってくれるが、それにあまりお世話になり過ぎるというのも良くないよな……。

なので、俺は孤児院で朝食を摂っている。

本日の朝食はハムレタスサンド。どこぞのパンダが大量にレタスをくれたから一人では消費できないのだ。なので、孤児達全員ハムレタスサンド。

いや、好きだから良いんだけどね。

さてさて、マリア特製のハムレタスサンドを頂きますかね。俺結構好きなんだよね。師匠ユルルのサンドも好きなんだけれど……やはりマリアのサンドが一番かなぁ……。いや、でも、師匠のも美味しいしなぁ。

むっ……このハムレタスサンドいつもと味が違うな。マリア。凡人ならまだしも、主人公である俺の舌は誤魔化せないぜ。

「ふぇい？　どうかした？　美味しくなかったかな？」

あれ、凄い悲しそうな顔をしているマリア。

「いや、ただ、いつもと味が違うと思っただけだ」

「あ、そ、そうなの！　実は、変えてるの！」

「やはりな」

「気付いてくれたんだ」

「俺の舌は誤魔化せん」

己で格付けチェックやってるからね。一流の主人公を目指しているから些細な事でも見逃さないように俺は気を配っているのさ。

伏線とか見逃すと、二流、三流、映す価値無しの主人公にランク付けされていきそうだからな。俺自身も目指すなら一流を目指す。それだけなのだ。

というか前から味がちょくちょく変わってるのは知ってたしね。

「美味しい？」

「悪くない」

「……そっか」

「……お前、いつもと雰囲気が違うな」

「え？　あ、そ、そう？」

「あぁ」

「ちゃんと、見てくれてるんだ……」

ん？　何か言ったか？　良く聞こえなかったな。それにしても髪飾りを変えてるからか？

――まるで別人のようだ。

いやーやっぱり、ちょっと身に着ける装飾品とか違うだけでこうも変わるかね？

ソシャゲとかで、いつものキャラが限定水着キャラになって性能代わるみたいなイメージで良いのか？

でも、こういうのって重要なポジションキャラ特有のあるあるみたいなやつだから。やはり、マリアはヒロインかもしれん……。

「ふぇい、まりあいつもとちがう？　ぼくわかんない」

「何となくだが、俺はそう感じた」

「ふーん、ぼくにはわかんない。いつものやさしそうなまりあなきがする！」

「それも正解なのかもな」

レレがそう言う。まぁ、それも正解なのかもね。知らんけれども。

「ふぇい、おなかさされたのにもうだいじょうぶなの？　たくさんたべたら、きずぐちひらかない？」

「あぁ、大丈夫だ」

「ふぇいがぶじでぼくよかった。でも、ぽんぽんいたいとおもうからむりしないで！」

「お前が気にする事ではない。俺なら平気だ。それよりお前は自分自身を高めることを忘れない事だ」

レレ、お前は良い奴だよ。もう大丈夫だから気にしなくて全然オッケーだぜ。

でも、刺された時はポンポン痛かったけどね……ん？　ポンポン痛い……そう言えば以前にユルル師匠が……。

顔を真っ赤にしながらお弁当を俺に作ってきてくれた事があったな……。

「そ、そのお腹が痛いのですが、偶々朝食を作ってきたので、も、もしよかったら、この、お弁当食べてくれませんか？」

凄く顔真っ赤にして、俺にそう言ってたな……。

先日の戦闘でお腹刺された→ポンポン痛い→ユルル師匠→戦闘系の伏線を張ってくれていた！

いや、流石だぜ。実は未来の戦闘イベントに伏線を張っていてくれたとは。これは流石に気づかなかったな。

やはり、ユルル師匠は戦闘系イベント伏線をちゃんと張ってくれている。

もしかして、俺の気を惹きたくてお弁当を作ってきたベタな展開かと思ったが……ユルル師匠はもっと深い伏線を張っていたというわけだ。

戦闘のことなら、私に任せておけ！　まさにこんな感じだ。これからもちゃんと、ユルル師匠の言動にアンテナを張って言動解釈をしっかりとしないとな！

師匠に感激していると、マリアが俺に上目遣いで声をかける。

「ふぇい、今日はまた訓練？」

「あぁ」

「あのユルルって女の人と？」

「それしかあるまい」

「そっか……頑張ってね」

マリアが激励を飛ばす。前から思ってたけど人柄が素晴らしいというか、ここまでの良い人はなかなかいないと思う。

朝食を終えて、孤児院を出る。すると、いつものようにマリアが見送りをしてくれるようであった。

「ふぇい」

「なんだ？」

「今日、訓練終わったら、お買い物手伝ってくれないかな……？　いつもはレイとかトゥルーとかアイリスに頼むんだけど……偶にはふぇいに頼みたくて」

「……気が向いたらな」

「あ、うん！　ありがと！」

「気が向いたらと言ってるのだがな」

「ふぇいは、優しいからきっと来てくれるって私、分かるんだ」

「……そうか」

そう言われてしまうと、行かざるを得ない感じがするな。何というか、ちょっと強引なこの感じはいつものマリアとはやはり違うような……。

「いってらっしゃいのハグしていい？」

「……またか」

「うん！」

最近、このいってらっしゃいハグが増えたな……まさか、フラグでも立ったのか？

第十二話　一息

寒さが本格的になりつつある、とある日。

夕暮れに近づきつつあり気温がかなり下がっている。そんな時間に二人の影が並んでいた。《赤い花》の髪飾りを付けたマリアと隣にいるフェイである。

フェイとマリアの手には食料を入れた紙袋があった。

「ごめんね。フェイ。急に頼んで」

「気にするな」

いつもと変わらない感情の死んだ眼。変わらない表情筋のフェイ。そんな彼の隣をマリアはただ一緒に歩くだけで嬉しく感じていた。

フェイは歩幅を合わせない。勝手気ままに歩いていく。マリアが無理に合わせることでやっと一緒に歩けているのだ。

「あ、あのさ」

「なんだ？」

歩きながら、マリアは気まずそうに眼をオロオロ逸らしたり、合わせたりしながら何事もないように聞いた。

「あの、ゆ、ユルルさんってどんな人？」

「剣の達人だな。あれほどの使い手はそうはいないだろう。俺と同じで魔術は無属性しか適性はないが、だからこそ、身体強化と剣術を極めているといった感じか」

「そ、そう。そういう事を聞きたいんじゃないんだけど……」

フェイのユルルは剣の達人であるという言葉にマリアはちょっと苦笑いをしていた。彼女としては、フェイとユルルが師匠と弟子という関係を超えて、男女の関係になるのではないのかと気にしていたのだ。

「えっと、好きな女性のタイプとかある？」

「……なぜそれを聞く」

「え？　ほら、なんて言うか、一般論としてっていうか……」

「特にはないな」

「ふーん、そうなんだ。いや、特に質問に意味はないのよ？」

まだまだ、フェイと誰かが特定の関係になることは無いのだろうと分かって、マリアはホッと一息ついた。

「今日はね。シチューにしようと思うの。どうかな？」

「お前がそうだと決めたなら、そうするといい」

「うん。じゃあ、シチューにするね」

会話だって、フェイは無理に続けない。マリアが無理に続けなくては沈黙が支配してしまうだろう。

それなのにマリアの顔は幸せそうだった。

「腕によりをかけて作るから、楽しみにしててね」

「……あぁ」

二人は孤児院に戻る。そして、その日は愛（スパイス）が入っている最高のシチューだった。

◆

日が暮れた、王都。その一角にある孤児院。子供たちは既に眠りにつき始めている。起きているのは僅かだ。

そして、フェイもまだ起きていた。特殊な魔石によって作られた蛍光灯。オレンジ色の光が部屋を照らす。

ベッドの上に横になり、ただ天井の染みを数えながら彼はぼうっとしていた。そんな彼の部屋を誰かがノックする。

「フェイ。私なんだけど。ちょっといいかな?」

「……構わん」

パジャマ姿のマリアがフェイの部屋に入ってきた。

「何の用だ」

「ちょっとだけ、話したくなったの」

「……それに付き合う義務はないのだがな」

「ダメ、かな……」

「……手短に済ませろ」

「……ありがと」

溜息を吐きながら仕方ないとフェイはマリアの誘いを承諾した。マリアは嬉しそうにフェイの隣に座る。二人がベッドの上に並ぶ。

「あのさ……本当にありがとう」

「……またそれか」

「うん。でも、二人きりでゆっくりちゃんと、お礼を言いたかったから」

「もういい」

「うん。偶にしか言わないね」

「……二度と言うな。それを受け入れていたら、俺も一々礼を言わねばならなくなる。それは面倒だ」

「どういうこと？」

「っち……察しろ」

不機嫌そうに舌打ちをして、腕を組む。そこからフェイが語ることは無かった。自身の口からは言いたくないという事だろう。

「えっと……もしかして、ご飯を毎日私が作ってるから、そのことを言ってるの？」

「……」

沈黙は肯定であった。

（そっか……私がご飯作ることに感謝してくれてるんだ。だから、私が一々気にしたら、自分も言う必要があるって……）

マリアの頬が少しだけ、赤くなる。気付いたら、ベッドの上のフェイの手に自身の手を重ねてしまっていた。

フェイが鋭い眼を向けて、何のつもりだと視線で訴えかけてくるがマリアが寂しそうな眼をするとフェイは黙って眼を閉じた。

マリア（リリア）はフェイに……◆をしている。そんな人に純粋な感謝を向けられていることに嬉しさと悲しさを覚えた。何故なら、彼女は復讐と悲劇の炎をフェイ達の純粋無垢な気持ちを利用して抑えているから。

彼女はあの時、弱い自分をフェイに見せてしまった。どうしようもない時にフェイはテラーから守ってくれた。

だから、自分を知ってほしくなった。自分について語りたかった。今まで溜め込んできた不安を、怒りを、そしてそれを鎮火させるためにしてきた愚行を。吐き出してしまいたかった。たとえ、幻滅をされたとしても。

「私はさ……昔色々あって、辛いこともあった。この間も、あと少しでまた、全部終わっていたかもしれない。だから、フェイにはずっと感謝していくと思う」

「……」

「私は怖がりなの……きっと、これからも、ずっと、恐怖に支配されながら生きていくしかない。私が、この孤児院を作ったのも……私の為なの」

「……」

「孤児たちの笑顔とか、幸せな声とか。それを利用して幸福感を得て、醜い感情を抑える材料にしてただけなの……わ、たしッ、ここに、いても、いいのかなッ、ふぇいと、みんなといる資格、あるのかなッ。わたし、わたし、なんだか、もう、分からない。利用をしてるだけ……わたしは、なにを……」

マリアは彼の手を強く握った。強く握ったのは否定をされるかもしれないという恐怖から逃れたかったからだ。

マリアは復讐を鎮火させたかった。そんな邪（よこしま）な思いで孤児達を利用していたと知れば糾弾する者はいるだろう。彼女も覚悟はしている。当り前だと思っている。でも、フェイにだけは否定してほしくなかったのかもしれない。

もしかしたら、この人なら守ってくれるかもしれないとも思っていた。

「……俺にはお前の言っていることが分からない。俺はお前の過去など知らん。その葛藤を理解は出来ん」

「そう、だよね。ごめんね、変な事言って――」

「――だが、一つ言えるとすれば……やらない善意より、やる偽善だ」

「――ッ」

「お前がどんな想いから孤児たちを育てているのかは知らんが、お前の偽善で救われた者がいるのは確かだろう。お前にアイツらは感謝をしている。俺は、あまり親密ではない、なりたいとも思わない。俺にはアイツらは必要ではないし、アイツらに俺は必要ではない。

だが、アイツらにはお前が必要だ。だから――」

フェイの無機質な眼が彼女を捕える。同情は無く、主観的な感想でもない。ただ、公平な第三者としての意見。

「一緒に居てやるべきだと俺は感じた」

「……あ、あ、あ、わ、たしッ」

だから、救われたのかもしれない。マリア（リリア）が感じてきた、ずっと溜め込んできた恐怖と怒り、憎しみ、嘆き、懺悔、それが弾けてしまった。

声を抑えようとしても、抑えられなかった。涙が留まるところを知らず、フェイの前で彼女は恥ずかしい姿を見せてしまう。

そんな事は無かった。

フェイが優しく、彼女を抱き寄せた。厚い胸板に彼女の顔が埋まった。もう泣いても良いんだとそう思えた。

「……勘違いするな。ただ、泣いている女を見る趣味がないだけだ」

「あ、あぁぁ、うあぁあぁあぁああああああ！！！」

彼女はひたすらに子供のように泣いた。暫くすると、マリアは泣き止んで、顔を僅かに腫らしていた。

「ごめんなさい」

「いや、気にしていない」

「……ねぇ、いつもそんな事言ってるの？」

「なに？」

「泣いている女を見る趣味がないとか、なんとか……」

「……」

「フェイって誑しなのね」

「違う」

「あんまり、外で言わないでほしいわ」

「言わないから、安心しろ」

フェイはこれ以上は特に話すつもりはないようで、ベッドに横になった。

「ねぇ、一緒に寝て良い？　偶に寂しくなるの」

「……勝手にしろ、睡眠の邪魔はするなよ」

「うん」

マリアはフェイの部屋で眠りについた。彼女の寝顔は幸せそうだった。

書き下ろし 番外編 ①

1名無し神
というわけでフェイについて振り返りますか
2名無し神
せやな
3名無し神
俺アイツもう理解できないんだが。刺された時に、ちょっと今日はお腹が緩いなみたいな反応で済ませるのは狂気すぎる
4名無し神
>>3
フェイは理解すんじゃない、感じるんだ
5名無し神
主人公なのにトゥルーが空気
6名無し神
トゥルー全然活躍してないやん
7名無し神
いや、でも鳩尾あったで！

8名無し神

あれ結局フェイだろ

9名無し神

フェイ医者の才能もあるからな

10名無し神

あんな、荒治療でよく治せるわ

11名無し神

トゥルーとフェイ戦ったらどっち勝つん？

12名無し神

＞＞11

それは……フェイって言いたいけど、トゥルーに一票

13名無し神

せやな。魔術適性とか、込みで

14名無し神

剣術だけならいい勝負するけどな

15名無し神

こればっかりはしょうがない。でも、フェイって言いたいよな
16名無し神
才能とか実力はトゥルーだけど、なんだかんだ言ってフェイが勝つ
17名無し神
＞＞16
それやな
18名無し神
ナイフで刺されるのは基本やからな
19名無し神
腹に穴が開くのは基本
20名無し神
出血多量で気絶するのは基本
21名無し神
マジであいつ精神狂ってる
22名無し神
トゥルーと戦ったら、頭飛ばされても蘇りそう

23名無し神
まだだ!! とか言ってな
24名無し神
ぶっちゃけ全部フェイが解決しとるしな。なんかフェイの方が強い感ある
25名無し神
今回フェイが救った、マリア&リリア、好きすぎる。幸せになってほしい
26名無し神
あれは胸が熱くなった。ユルル推しからマリア&リリア推しに変わった
27名無し神
いや、確かにマリア&リリアも良いけどさ。フェイユルが原点にして頂点なんだよなって
28名無し神
いや、ユルルもサブヒロインくらいにしてほしい。もう美味しい思い沢山してるし
29名無し神
>>28
どこがやねん。全部戦闘の伏線と勘違いされ取るぞ
30名無し神

すれ違い続ける二人（笑）
31名無し神
でも、フェイだから仕方ないだろ。アイツ噛ませキャラの癖にずっと自分の事主人公だと思っているんだからな
32名無し神
でも、偶に核心をついた事言わない？
33名無し神
マリアと、リリアのあれはどういうことなん？
34名無し神
赤と青の花飾りのやつか
35名無し神
見てて思ったけど、マリアは二重人格でおっけー？
36名無し神
それは違くね
37名無し神
ちょっと違うと思う、二重人格って言うか……まぁ、でもあってるか？

38名無し神
それについてやけど、ワイ知ってるわ
39名無し神
ワイ神解説頼むわ
40名無し神
そもそもやけど、マリアは原作のヒロイン枠ね。そして、基本的に『円卓英雄記』だと誰かしらの個別ルート入ったとしても、ハッピーとは言い難い展開になる
41名無し神
マジか。心折設計だな
42名無し神
更に、ルート入る為の選択肢があるんだけど、基本的にルート入らないとヒロインは死んだりする。更にはルート入っても死んでしまう事もある
43名無し神
原作者に人の心とか、ないんか？
44名無し神
ちょっと、原作のマリアルートの解説するわ

トゥルーが誕生日会を優先して、任務に行かない場合。マリアルートに入れるただ、一緒に任務に行くはずだったメンバーが死亡。更に行った場合はマリア&リリアが連れ去られて、言うまでも無くバッドエンド。マリア&リリア死亡する

45名無し神

エグイなぁ。でも、誕生会を優先して、ルート入れれば多少は鬱の感じは緩和されるよね？

46名無し神

ならへんよ。まず、マリアルートはエンディングが三つある。一個はトゥルーがあの女、テラーをあっさり倒して救うんだけど、最後の最後にリリアの怨念が蘇って、彼女に止めを刺す。これで恨みを晴らして、誰にも知られずにリリアは完全に自我が消える

47名無し神

え？

48名無し神

リリアは消えたけどマリアは残ってるから、ずっとシスターとして笑いながら生きるシスタールート。それで、もう一個がトゥルーと恋仲みたいになって体重ねるけど、トゥルーにはまだまだ道が続くって事で母親としてのポジションを優先して身を引く、尚、結婚式に母親として出席するという母親ルート

49名無し神
クソやんけ
50名無し神
マリアはトゥルーに恋をしてたけど、年の差とかトゥルーモテるからしゃあない。複雑な心境で涙流して結婚式で笑うマリアは泣けるんやで。それで、もう一個がマリアとトゥルーが完全な恋仲になるんだけど、トゥルーがバッドエンドを踏んで死亡。復讐に駆られてマリアが再び剣を持つトゥルーエンドと言われております
51名無し神
救い、一切なし!!
52名無し神
どうして……マリアとリリアは
53名無し神
それでマリアが二重人格なのかって話やけど、確かにそれっぽいかもしれへんな。知っての通り、リリアはテラーに拷問されて、精神が崩壊して、このままだと死んでしまうから。マーガレットが長い期間暗示をかけて、記憶と精神をリセットして、マリアって名前を与えた

54名無し神
それは見ていて、分かる
55名無し神
マリアの中には精神が二つある状態だから……実をいうと結構不安定なんだよね
56名無し神
そうなの？　あ、でも体の中に精神二つって普通じゃないか
57名無し神
一個の体に一個の精神が普通よな。それが崩れると精神コントロールとか難しそう
58名無し神
だから、復讐とか狂った状態だったんかな？　孤児達とかで自分を落ち着かせないとどうにかなっちゃう件も納得
59名無し神
ちょっとネタバレなるけど、この世界やと精神とか身体とか、結構大事
60名無し神
マリアちゃんとリリアちゃん……大丈夫かな？
61名無し神

不安定なのか、
62名無し神
誰か救ってくれよ、これからも自分の事で悩んだりとかして、苦しくなったりしそう
63名無し神
うわぁぁぁあ、誰か幸せにしてやってくれよ
64名無し神
まぁ、フェイが何とかするやろ
65名無し神
せやな
66名無し神
――フェイが何とかするやろ、という魔法の言葉
67名無し神
なんやかんやでフェイが上手く立ち回っているよね
68名無し神
トゥルー君、空気過ぎやろ
69名無し神

トゥルー、お前もう主人公降りろ
70名無し神
フェイ君と一緒にいるとマリアとリリア嬉しそう。フェイ君が精神安定剤になってる
71名無し神
赤の花飾りをしてるときはマリアで、青いときはリリアという認識で良いかな？
72名無し神
その通りやで。みんな知ってると思うけど、マリアは赤い花が好きで、リリアは青い花が好きやった
73名無し神
それは分かる。だから、マリアが必ず赤と青の花を埋めるくだりは、ゲームのガチの伏線やったわけや
74名無し神
フェイ君、よく見抜いたな
75名無し神
あと、勘とか言ってた。マリアの中にリリアがいるのも何となくで気付いておったしな
76名無し神

こいつ、マジでキモいわ

77名無し神

いや、俺も思っていた、凄いというより、キモイが先に来る

78名無し神

マリアの料理の味が僅かに変わるのも本当なんか？　ワイ神

79名無し神

ワイ……知って……知らんわ！！　流石にリリアがちょくちょく、出てきてるとか。料理の味付け変えてるとか！　そんなんゲームのシナリオとかイベントに無いねん!!　そもそも二重人格みたいになってるとか、主人公であるトゥルーすら一切気付かないやん!!

何で分かったのかとか、ワイが知るか!!

80名無し神

あ、そうなんだ

81名無し神

じゃあ、何で気付いたん？

82名無し神

主人公補正という名のただの勘（当たるのは三割、尚ユルル師匠の場合は戦闘フラグに解釈する）
83名無し神
ワイ神、解説は無理なら、考察行けるか？
84名無し神
マリアって元々は良くも悪くも皆に平等やから、でも、フェイには復讐の道を行ってほしくないとか勘違いしてずっと特別な思いを持って接してきたから……フェイもヒロイン疑惑持ってたし。すれ違ってるけど、互いに特別な思いを持ちながら一緒にいたから、奇跡的になんか通じ合った……とか……

いや、ワイも知らんわ！！！
85名無し神
神ですら理解できない人間
86名無し神
本当にキモいわ
87名無し神

マリア&リリアとフェイが結ばれることあるんか？
88名無し神
意外と今の所、一番確率高いと思うで。ヒロイン疑惑あるし、フェイはマリアの事母親とか思ってないし、リリアも気付いてくれて、守ってくれて、プレゼントもくれて自我がちょっとずつ強くなってる感あるし
89名無し神
トゥルー君、空気過ぎない？　出番無さすぎというか……
90名無し神
トゥルー大分活躍の場面カットされとるで。魔術の先生にべた褒めされるイベントとか結構ある。でも、アテナがカットして配信しとるな
91名無し神
そう言えばさ、トゥルー君は戦士トーナメントで準優勝なったんだよね
92名無し神
あれも一応原作イベントなんか？
93名無し神
せやな。本来と同じでアーサーが優勝でトゥルーが準優勝やった。あのイベントは箸休

めみたいな感じやから、特に何もないよ。ただ、噛ませキャラとしてフェイも出てて、一回戦で優勝候補にボコボコに負けて、そこからちょっと闇落ちしてく暗示みたいなのがあった

94名無し神

闇堕ちとか影も形もなくなってたけど

95名無し神

優勝候補一回戦負けかー

96名無し神

まぁ、相手が悪かったよ、まさか一回戦の相手がフェイとはね

97名無し神

フェイじゃなかったら、もうちょっと良いところまで行っていたと思うけどね。これはっかりは運も関わるから

98名無し神

フェイ相手に、去年優勝君はよくやったよ

99名無し神

フェイ君を気絶させただけで、賞賛に値する

１００名無し神

フェイ君、あの時、マジでとち狂ってたな
101名無し神
フェイ君「主人公だから負けるはずない」
去年優勝「なんだ、こいつ……ゾンビか⁉」
102名無し神
何度フッ飛ばしてもゾンビアタックしてくる男
103名無し神
フェイが格下だったのが余計に怖いよな。下から引きずりおろそうとしてくる感じが
104名無し神
しかもフェイ楽しそうやったし
105名無し神
フェイ君「子供達に希望を与えるような主人公に‼　あ！　俺の諦めない雄姿に　子供たちが泣くほど感動してくれてる‼」
無垢な子供「うわぁぁぁああ！　怖いよぉぉ！！！」
106名無し神
トラウマ植え付けてて草なんだが

１０７名無し神
大人も戦慄してたしな
１０８名無し神
そう言えばフェイ君、カード創られてなかった？
１０９名無し神
――メモってたから貼っておくわ。

フェイ　性別男性
筋力Ｂ　知力Ｄ　俊敏Ｄ　精神ＳＳＳ
絶対にあきらめない。不屈の男。ゾンビのように何度も蘇り、相手に向かっていく鋼のような精神を併せ持っている。一回戦で優勝候補を倒した後、気絶をしてしまった。その為、他試合の時間に間に合わず棄権。だが来年のトーナメントに期待。
武器　ロングソード、格闘術
魔術適性
無し
見た目
黒髪に黒目。目つき悪いが意外と優しそう

110名無し神
おい、性能偏り過ぎだろ
111名無し神
トレーディングカード好きの俺からすると、こういう尖ったカードはなんやかんやで終盤まで使える。何らかのカードとの禁断コンボとかも見つかって、ワンチャン殿堂入りとか制限カードになる可能性もある
112名無し神
精神がSSSはちょっと、下げ過ぎ。こいつはもっとキモいよ
113名無し神
それでフェイはいつ死ぬの？　私的には早く天界に来てほしい
114名無し神
なになになに？　急に怖い
115名無し神
フレイヤやな。コイツフェイ君の厄介オタクやから
116名無し神
天界来てもお前じゃ無理やぞ。フレイヤ

117名無し神
そんなことないわ、フェイ君と私は相性ばっちり。もう、本当に私好き過ぎて、涎が止まらないの
118名無し神
いや、うるせぇよ（笑）
119名無し
フレイヤ辞めろ、スレの空気が壊れる
120名無し神
古参神は本当にうざいし、やばい、ゼウスもフェイとユルルの同人誌この間、神のコミケで売ってたぞ
121名無し神
同人誌くらいは許すわ。俺も買ってるし
122名無し神
トゥルー君がフェイに殴られてたけど。あそこ一番好きな神おる？
123名無し神
分かる。俺も一番あそこが好きやったで

１２４名無し神
ほぼ掛け合いが師匠と弟子の構図やった
１２５名無し神
鳩尾に拳叩きこんで気合注入！！！
１２６名無し神
主人公だから殴って気合入れるって思いながらも、元の日本とかではやってはいけない
とか思っている謎感が余計に笑う
１２７名無し神
倫理観どないなっとんねん
１２８名無し神
闇落ちして師匠を救う
コミュ障なアーサーちゃんを無意識に喜ばす
戦士トーナメントで去年優勝を倒す
マリア&リリアを救う
闇落ちしかけている主人公に活を入れる
１２９名無し神

功績がエグイよ、これは人気投票一位になるわ
130名無し神
これからもヤバそうやから、気合入れて入念にチェックするか
131名無し神
せやな、それに面白いのはここからやろ
132名無し神
マリア&リリアがフェイを意識してたからね
133名無し神
若干、ユルル師匠の事を探ってもいたし
134名無し神
修羅場来るな。愉悦やわ!!
135名無し神
神って結局皆、クソよな
136名無し神
これからもフェイの事を皆で見守っていきましょう
byアテナ

書き下ろし番外編 ②

最近、マリアが泣いていたので一緒に寝てあげるというイベントがあった。主人公である俺も前世では童貞であったのでちょっと緊張してしまった。

やっぱりヒロイン疑惑のあるマリア、可愛い。隣で寝ているときも妙に良いにおいがするし、ちょっと眠れなかった。

クール系なのでそんな仕草を表に出すことは一切ないし、マリアに興味ないみたいな感じで先に寝たふりをしていたのだが、ガッツリ起きていた。

ただ、寝ているとマリアがめちゃくちゃ、腕を掴んだり、手を握ったり、胸板に顔をうずめたりもしていた。

主人公とヒロインのイチャイチャタイムであったのか、マリアの寝相が悪かったのか、その真相はマリアしか分からないだろう。

ただ、俺はそのことを彼女に聞くつもりはない。普通に恥ずかしいし、キャラ的にそんなことを真顔で聞いたらシュールな雰囲気になってしまうのも想像に難くないだろう。

「フェイ君」

「なんだ？」

「いえ、珍しく心ここにあらずという感じでしたので声をかけただけです」

しまった。今はユルル師匠との修行中であった。ヒロイン疑惑について考えるのも大事であるが、今は修行に集中をしよう。

ユルル師匠といつものように剣を合わせていると、彼女はそのまま俺に話題を振ってきた。

「そう言えば、フェイ君が以前、出場した戦士トーナメント覚えてますか？」

「あぁ」

「フェイ君のあの一回戦が相当話題になっていたそうです」

「そうか」

やはり、主人公である俺の雄姿に沢山の人が感動をしたのだろう。

「全員、夢に見るくらいに衝撃的だったそうです」

「そうか」

「私の夢にも、出てほしいなぁ……なんて……」

「俺の夢にもお前が出てほしい」

「え!?」

「夢でも修行が出来るからな」

「あ、はい」

夢でも互いに修行を出来たら、きっと今よりも良い師弟関係になれることは間違いないだろう。

「そう言えば……」

「なんだ？」

「フェイ君と一緒に、この間買い物をしていた金髪の方は……」

「マリアか？」

「多分その方だと思います」

「それがどうした？」

「いえ、孤児院のシスターの方でしたよね？」

「そうだ」

「ほ、ほぇ……親子みたいな関係ですかね？」

「そうだな」

「そうですか……」

「そうだ」

「他にその、もっと、変わった関係とかではないですよね？」

「あぁ」

「なら、良いです。すいません、急に変な事を聞いてしまって」

「問題ない。だが、これ以上無駄話はするな」

「そうですね。今はフェイ君の修行中ですし」

「その通りだ」

俺と彼女はその日も滅茶苦茶訓練をした。

しかし、ユルル師匠にしては珍しい。剣の訓練中に剣とは関係ない事を質問するとは
……これはきっと何かの伏線だな。

「フェイ」

「アーサーか」

「うん。最近怪我したって聞いた。大丈夫？」

「問題ない」

訓練が終わった後に、なぜかアーサーと王都で遭遇してしまった。

「そっか。なら良かった」

「……」

俺は無言で立ち去ろうとするが、彼女が腕を掴んだ。

「なんだ？」

「もし、良かったらまた訓練してあげる」

「……いらん」

その上から目線は気に入らないな！　アーサーよ。俺は主人公だぞ‼
「フェイ、ワタシより弱いから、訓練するべき」（最近あんまり接する機会無かったから
ちょっと寂しい）
こいつ喧嘩売ってるな。よし、今日こそボコボコにしてやる。
「いいだろう。ついてこい」
「うん！」

あとがき

お久しぶりです。流石ユユシタです。

ウェブから見てくれている方々はいつもありがとうございます。二巻を手に取ってくださる方がどれだけ少ないかは分かっています。だからこそ本当にありがとうございます！

さて、あとがきに書く事って何も思いつきません。

そう言えば、最近まだまだ寒いですね。いや、もしかしたら、この本を手に取ってくださる方にとっては暑いかもしれないですね。

それとも発売は五月ですが、購入をして頂いた時期は九月とかかもしれません。なので、最近は寒いけど、暑いかもしれません。

と言う、昔のアニメの前回の振り返り、くらいに無駄話をしたところであとがきが大分埋まって来ました。

さてさて、話は変わりますが皆さんは小学校の時に何を考えていましたか？

僕はずっと戦闘民族になって戦うという事を考えていました。

市民プールで一人で戦いロールプレイをしていたせいで、プールを出禁になったという経緯があります。

他にも僕は一人だけ他の学生とは違う、という感覚を持っていたのでポケットに手を突っ込んでカッコつけるという事をしていました。

今の話を聞いて、皆さんも心当たりがあるのではないでしょうか？

黒歴史を思い出して、胸が苦しくなったりしてくれると嬉しいです。僕なんて、未だに過去の黒歴史をベッドの上で思い出して悶えるという生活を余儀なくされています。

皆さんもちょっとでも黒歴史を思い出して僕と一緒に悶えてくれると非常に嬉しいと思います。

さてさてさて、話は変わりますが二巻はどうでしたか？　マリアとリリアの決着が丁度いいのであそこで二巻は終わりにしたのですが、締めとしては結構いい感じだったと思います。何度も言いますが、ここまで読んでいただけたのが本当に嬉しいです。

ありがとうございます、ここから先に会えるかは分かりませんが今後も応援をしてくれると非常に嬉しいです。

そして、最後に、「好きラノ」や「このラノ」と言った人気投票が行われると思いますが、もしよければ投票をして頂けると非常に嬉しいです。

ラノベは作品数が多いので、皆さんの応援が非常に大切であるという事を僕は知っています。ここまで皆さんの応援がなければ書けませんでした。ここまで読んでくれている方、本当にありがとうございます。

では、そろそろ、僕の苦手なあとがきが終われそうな文字数になってきたので、ここら辺でお別れしましょう！

では、応援ありがとうございました！　これからもお願いします！　失礼します。

自分の事を主人公だと信じてやまない踏み台が、主人公を踏み台だと勘違いして、優勝してしまうお話です２

2023年6月1日　第1刷発行

著　者　**流石ユユシタ**

発行者　**本田武市**

発行所　**TOブックス**
〒150-0002
東京都渋谷区渋谷三丁目1番1号　PMO渋谷Ⅱ　11階
TEL 0120-933-772(営業フリーダイヤル)
FAX 050-3156-0508

印刷・製本　中央精版印刷株式会社

ISBN978-4-86699-851-0